Michel del Castillo

LA GUITARE

RÉCIT

Éditions du Seuil

La première édition de cet ouvrage a été publiée
par les éditions René Julliard en 1957

TEXTE INTÉGRAL

ISBN 978-2-02-035824-8
(ISBN 2-266-00213-9, 1ʳᵉ édition
ISBN 2-02-006978-4, 1ʳᵉ publication poche)

© Éditions du Seuil, octobre 1984

A Gérard Rouault, l'ami fidèle. En souvenir des longues nuits qui ont vu naître ce récit et les autres.

A Daniel Sloate, l'écrivain et le camarade.

« *On ne veut jamais que son Destin.* »

Thomas MANN.
(*La Montagne magique.*)

AVANT-PROPOS

DES lettres d'inconnus me parviennent tous les jours. Des hommes me racontent leur vie. Ils me parlent de leurs souffrances, de leur lancinante solitude. Ils tiennent à m'exprimer leur fraternité et leur confiance. Ils étaient, dans ce monde menacé qui est le nôtre, avides d'une parole d'espérance. Et parce qu'ils ont cru la découvrir en lisant Tanguy, ils tournent vers moi leurs yeux. Si cette fraternité m'est douce, cette confiance, elle, m'est un pénible fardeau. Je crains de les décevoir. Ils se font de l'artiste une trop haute idée.

L'artiste n'est ni un prêtre ni un prophète. Son rôle est à la fois plus modeste et plus ambitieux. C'est, ou ce devrait être, celui du voyant. L'artiste rêve les yeux grands ouverts et donne une forme à ses songes. Il n'invente rien. Il se contente de *peindre ce qui est en l'homme : passions et vices, aspirations et regrets. L'opposition Corneille-Racine est fausse. Racine n'a pas peint « l'homme tel qu'il est » ni Corneille « l'homme tel qu'il devrait être ». Ils ont, chacun à sa manière, éclairé une partie de l'âme humaine. Car l'homme est à la fois racinien et cornélien. Il peut être héroïque et lâche, lubrique et pur, avare et généreux. Il est avant tout un conflit. L'artiste peut choisir de ne peindre que l'un des aspects de la nature humaine ou, au contraire, d'illustrer sa dualité. Racine, tragédien pur, n'a voulu s'intéresser qu'à l'homme victime de la fatalité de ses passions; Corneille, poète épique, a chanté le courage et l'héroïsme. Mais Dostoïevski, scaphandrier de l'âme humaine, a su, lui, mettre l'accent sur ce déchirement intérieur, sur cette profonde contradiction qui fait que le pécheur réclame de toutes ses forces la lumière et que l'homme vertueux veut, de temps à autre, se damner.*

Tanguy, malgré la noirceur de son sujet, a pu paraître à certains le « livre de l'optimisme ». J'avais vécu la plupart des expériences contées dans ce livre et quelques autres que j'ai cru devoir taire. Je pensais de ce fait pouvoir essayer de dire avec sim-

plicité que l'espoir qui se cache en tout homme est immense et irréductible et que pas même les pires souffrances n'en viennent à bout. C'était tout.

La Guitare *est le livre du désespoir absolu. Un nain d'une laideur monstrueuse cherche — mais en vain — à atteindre le cœur des hommes, ses frères.*

Est-ce dire que je me fasse de la nature humaine une idée différente? Non. J'ai choisi d'écrire cette histoire parce qu'elle me hantait et que je la trouvais significative. J'aurais pu tout aussi bien m'intéresser à celle d'un malade sans espoir de guérison. L'important c'était de montrer qu'il existe une malédiction du destin; qu'il y a des hommes qui en sont les victimes sans l'avoir mérité et que ces hommes ne connaissent pas l'espoir. La Guitare, *c'est un cri. Ce cri que je m'étais refusé de pousser dans mon premier livre, je l'ai poussé ici. Qu'on veuille bien me pardonner cette défaillance.*

Certains amis m'ont fait grief de la gratuité du sujet. Ils espéraient que j'accepterais de refaire un nouveau Tanguy. *Ils souhaitaient de me retrouver encore une fois tout entier dans mon deuxième ouvrage et ne voyaient pas quel rapport il pouvait y avoir entre ce nain monstrueux, maudit des hommes et des dieux, et moi. Du moins espéraient-ils que, dans mon esprit, la Guitare se classait comme une « œuvre mineure ». Ils ont été déçus lorque je les ai assurés du contraire.*

Car l'écrivain est seul à connaître les difficultés qu'il a dû surmonter; seul à mesurer la distance qu'il lui a fallu franchir entre l'esquisse d'une œuvre et son achèvement. Il peut l'aimer mieux et pour d'autres raisons que les profanes : comme une mère préfère l'enfant qui lui a causé le plus d'inquiétudes et de soucis.

MICHEL DEL CASTILLO.
Paris, septembre 1957.

I

JE suis laid. D'une laideur qui fait peur. C'est par cet aveu qui m'est pénible que je veux commencer mon récit.

Laid!... Toi qui me liras, pénètre bien ce mot. Il y a mille laideurs comme il y a mille beautés. Il y a même une beauté laide : la beauté prétentieuse. Moi, je suis totalement laid. Nain, bossu, borgne; mon nez est aplati comme celui d'un boxeur et une grande cicatrice rouge déshonore mes traits. Je suis laid à faire peur. Si je veux sourire, j'esquisse une horrible grimace qui fait fuir les honnêtes gens... Et pourtant, je ne voudrais pas te faire peur; même pas te faire pitié. Je suis las de faire peur et de faire pitié. Las d'être méchant et d'être bon.

Je suis né en Galice. La Galice est une région de l'Espagne. Une région verte. Des collines verdoyantes, des prés, des bois et des bosquets, des vaches dans les prés et de la brume sur les collines. C'est de la peinture que je fais en ce moment, car il me faut te faire voir. La brume se dégage du sommet des collines. C'est comme si les collines brûlaient d'un feu intérieur et mystique. Peut-être d'ailleurs brûlent-elles?... Tout brûle sur la terre. Nous aussi. Ces collines aux pentes douces et molles s'étendent jusqu'à la mer : jusqu'à l'infini.

Pourtant, notre horizon est limité par les collines vertes et par la brume qui glisse sur elles. La mer est au-delà. Très loin. Pas trop. Trente ou quarante kilomètres. Quelques tours de roue. Mais quarante kilomètres, n'est-ce pas un « infini »? Essaie d'imaginer « tout » ce qu'il peut tenir de choses dans ces quarante kilomètres!... Mais non, tu ne peux pas. Tu serais effrayé et je ne veux pas que tu commences par être effrayé.

La mer... Il te faut l'imaginer ici violente, mais amoureuse, telle une divinité de la mythologie. Elle lèche les rochers de son écume blanche, rampe, glisse, s'insinue, monte, descend, remonte : elle caresse de ses longues lames l'âpre et mâle rocher, lui parle à l'oreille et, dépitée enfin, se brise dans un râle d'amour comme le cœur se brise, dit-on, de désir inassouvi. Mais elle n'est pas vaincue. Elle revient à la charge et réussit à pénétrer et à briser ce mâle qui la repousse. Au loin, des lambeaux de ce rocher lamentent leur solitude. Lorsque la mer est trop amoureuse ou trop jalouse et qu'elle monte et mugit, elle engloutit ces lambeaux arrachés et les fait disparaître dans son sein.

Vois-tu la Galice maintenant? Il y a les collines vertes, les prés, la brume et les rochers qui luttent contre la mer. Il faut bien voir cela, bien l'imaginer, pour bien comprendre l'âme de ses habitants. Car ils sont « de » Galice... Etre « de » quelque part, as-tu pensé à cela? C'est important. Mais dans ce tableau, il manque quelque chose. Si tu as étudié la géographie, tu le sais, ce sont les *rias*. Notre pays n'a pas de fleuves, à peine quelques rivières. Mais il a les *rias*. Ce sont des bras de mer plus larges que longs. J'exagère; n'importe... Les *rias* sont très larges. On n'aperçoit l'autre rive que comme en un rêve... Achevons donc notre tableau: deux collines vertes; au milieu une très large vallée dans laquelle entre la mer et, quarante kilomètres plus loin, des rochers farouches et une mer jalouse qui se meurt tous les jours d'amour sans jamais mourir. Je suis peut-être un peu long. Nous avons le temps. D'autant plus que tu ne me liras jamais comme je le voudrais. Je crains que tu ne sois un mauvais lecteur.

En Galice, il pleut. Il bruine plutôt. Imagine donc le haut des collines fumantes, l'écume blanche de la mer, la *ria* enveloppée de brouillard et, par-dessus tout cela, la pluie. Jour et nuit, le monotone glissement de l'eau sur les collines et sur la mer. N'est-ce pas ridicule au Bon Dieu de faire pleuvoir sur la mer?...

Les habitants de notre région sont très pauvres. Cela t'étonne peut-être. Cela m'étonne aussi. Je suis toujours étonné devant la pauvreté des gens, en Espagne. Car on pourrait ne pas être pauvres. Mais nous n'allons pas parler politique. Je ne comprends d'ailleurs rien à la politique. Je suis contre tout le monde, par définitition et par esprit de contradiction. Si l'on est de mon avis, j'en change aussitôt. Je ne veux être d'accord avec personne, car je n'aime personne assez pour être d'accord avec lui...

Nous sommes donc pauvres. Nous vivons dans des fermes isolées les unes des autres. Des fermes à un seul étage, grises sous un ciel gris et sous la pluie grise. Elles sont tristes. Les métayers et les saisonniers couchent à l'écurie, avec les vaches et les chevaux. Il fait bon à l'écurie. Les vaches ruminent sans trêve et leur tiède haleine réchauffe l'air. On dort sur la paille. On s'endort en écoutant le triste bruit de la pluie sur les toitures délabrées et sur les prés détrempés. Le matin, on se lève dans la brume. On ne peut voir les fermes voisines, car elles sont, elles aussi, enveloppées dans le brouillard. Nous sommes sobres. Les gens qui ont faim sont toujours sobres. Nous sommes peu bavards et nous sommes vicieux. Cela t'étonne?... Je sais, tout le monde est vicieux. Toi aussi. Même ces vieilles en noir qui remplissent nos églises et les vôtres sont hantées par le vice. Mais ici, il devient obsédant. Il y a la chaleur douce des écuries, la brume, la pluie, les longues nuits, l'ennui, la mer que l'on entend gronder au loin. Que faire alors, sinon pécher?

Nos filles ne sont pas très appétissantes. Plutôt bien en chair, chaussées de bottes, coiffées d'un mouchoir noué sous le menton,

les joues rouges de sang et les yeux éteints,
traînant de lourds fardeaux. Elles se ressemblent toutes. Mais les garçons ne sont pas
exigeants. Et puis, une femme, comme un
mot, n'est qu'un outil : on peut en faire
beaucoup d'usages. Ne souris pas. Tout ce
que tu as fait avec ta femme ou avec la
femme de ton voisin, ces garçons de ma
région savent le faire. Parfois, il est vrai, des
enfants viennent au monde. Alors, il faut se
marier. Mais il faut bien se marier un jour
ou l'autre. Et puis, les femmes, si on les
regarde sous un certain angle, sont toutes
pareilles.

Les dimanches, nous nous réunissons dans
une ferme quelconque et nous dansons. Non,
nous ne dansons pas. *Ils* dansent. Moi, j'ai
toujours vécu à l'écart. J'étais un peu le
voyeur de la commune. J'étais voué à l'ona-
nisme. Ne t'indigne pas! Pas d'hypocrisie!...
Si tu avais été à ma place et que tu te
fusses vu toujours repoussé, toujours aban-
donné, toujours nargué, qu'aurais-tu fait?
Je n'avais que deux solutions : l'état reli-
gieux ou le péché solitaire. J'aimais encore
mieux la seconde. Mais laissons cela. Au
vrai, même si je n'eusse pas été affligé de
ma disgrâce, je me serais peut-être masturbé,

rien que pour voir la tête que tu ferais en me l'entendant dire.

Ils dansent donc, les dimanches. Ils boivent du cidre et le musicien joue de la *gaita*. La *gaita,* c'est cet instrument dont jouent vos Bretons pour aller aux « Pardons ». C'est un instrument triste. Il est très près de l'homme. Il a des résonances profondes. Mais il le faut entendre ici, sous la pluie, dans la brume qui fume et qui fuit, un dimanche après-midi... Sais-tu ce qu'est le cafard? La *morrina,* c'est pire. C'est la nostalgie d'un passé qui n'a jamais existé. Ce terme, je ne peux pas non plus le traduire. Comment le pourrais-je? Il faut être d'ici pour le comprendre. C'est pourquoi je te disais qu'être « de » quelque part était une chose très importante. Non, tu ne peux pas savoir ce qu'est la *morrina.* Il faudrait pour cela cette pluie fine, dense, serrée, monotone, qui vous trempe jusqu'aux os; il faudrait la brume fumant sur les collines; les vaches mélancoliques et patientes; l'Océan tout proche qui mugit et qui menace; il faudrait la faim, la solitude et l'ennui... Tout cela, c'est le début de la *morrina* et la *morrina,* c'est toute ma région.

Les gens d'ici sont superstitieux. Ils

croient aux fantômes et aux sorcières. Ils
« voient » le diable et parlent aux revenants.
Ils sont obsédés par l'au-delà. Les désespérés, les malchanceux se tournent souvent
vers l'au-delà. C'est leur revanche. Les
prêtres eux-mêmes, malgré leur eau bénite
et leurs coups d'encensoir, n'ont pas réussi
à déloger la superstition. J'aime les gens
superstitieux. Car il y a bien des choses
mystérieuses sur la terre et il vaut mieux les
reconnaître mystérieuses qu'essayer de les
expliquer. J'aime mieux un fantôme qu'un
saint : c'est plus drôle.

Nous voilà donc situés l'un par rapport
à l'autre. Tu sais presque tout ce qu'il te
faut savoir pour la complète intelligence de
ce récit. Tu sais que je suis laid; tu sais
que je suis né en Galice et tu as quelques
notions sur cette région. Tu connais le cadre
dans lequel s'est déroulée mon enfance.
L'enfance d'un homme peut expliquer les
crimes de l'adulte. On ne peut expliquer
l'homme que par l'enfant. Maintenant, essaie
de lire ce récit avec des yeux neufs. Je n'ai
à ma disposition que des mots pour m'exprimer. Alors qu'il me faudrait la musique, la
danse, les odeurs, les images; qu'importe?
L'art est un.

Maintenant, écoute-moi bien. Je vais mourir et je tiens à te parler. Non, par grâce, ne souris pas. C'est très sérieux, la mort. Même lorsque ce n'est qu'un nain laid et méchant qui meurt, c'est un peu toi qui meurs aussi. Car c'est un peu la vie qui cesse. Ne me dis pas qu'elle recommence. Rien ne recommence. Considère donc que je vais mourir. *Mourir!*... Sais-tu ce que c'est? Non? Moi non plus... Je meurs désespéré. Pas désespéré d'amour ou de quelque chose de tel, mais désespéré. Car je n'ai plus d'espoir. Comprends-moi, par pitié! Il faut que tu fasses un effort pour réaliser cela : n'avoir plus d'espoir, nul espoir? Je vais t'expliquer et tu vas comprendre. En ce moment, je ne veux que ton attention et ton effort. Ce n'est pas un récit que tu as entre les mains. Ne t'y trompe pas, ni ne te laisse abuser. Si j'ai inscrit *récit* sur la couverture de ce livre, c'est parce qu'il faut bien inscrire quelque chose sur une couverture. Non, ce n'est pas un récit, ni même une autobiographie. Quelle importance pourrait donc avoir l'autobiographie d'un pauvre nain d'Espagne?... C'est moi-même qui suis présent ici. Je vais te parler comme jamais encore je n'ai parlé à un être humain. Je vais tout te dire. Sois patient. Ne t'irrite pas parce que je te dis trop souvent que je ne t'aime pas. Pourquoi devrais-je t'aimer? M'aimes-tu? Personne n'aime. On croit aimer. Mais je ne vais pas jongler avec des mots. Tu sais, comme moi, qu'aimer est chose très difficile. Dieu non plus n'aime pas. Comment aimerait-Il, Lui, qui a condamné le plus beau de ses anges?

Il est tard. La nuit tombe. J'écris seul dans ma petite chambre. J'ai peur pour toi, car il me semble qui tu ignores encore des choses que tu n'as pas le droit d'ignorer. Je vais mourir. Je vais goûter cette volupté de vivre ma dernière minute pleinement, jusqu'au bout. Mais j'ai encore à dire des choses que je ne puis taire.

II

MON père était riche. Les hommes riches se rencontrent en Espagne jusque dans les régions les plus déshéritées. C'est un produit national. Ils sont tous à peu près pareils et ils sentent tous mauvais. Le mien était grand, beau. Il convient que j'essaye de te le décrire un peu : deux grands yeux noirs bordés de longs cils, un nez long et droit, une bouche petite, une lèvre inférieure gonflée de volupté, des dents éclatantes, des cheveux très noirs et très frisés. Il plaisait. Les filles de la ferme disparaissaient volontiers avec lui dans une écurie et se collaient à lui. Il poussait la condescendance jusqu'à leur faire l'amour. Aucun mari ne se plaignait, bien qu'ils fussent tous cocus à des degrés divers. Bien sûr, mon père était le patron. Mais, de plus, ils étaient flattés à l'idée que mon père pourrait peut-être leur donner un beau garçon. Et qui donc

ne voudrait pas d'un beau garçon?... Mon
père n'était pas méchant. Il était riche. L'un
des avantages de la richesse est de pouvoir
faire l'aumône et le bien. Les pauvres gens ne
peuvent que difficilement faire le bien. C'est
aussi un luxe, le bien! Mon père parlait avec
ses métayers, leur offrait du cidre et allait
jusqu'à présenter les nouveau-nés à l'église.
On disait de lui qu'il était simple; et c'est
aussi un privilège des riches que de pouvoir
être simples. Connais-tu un seul ouvrier dont
on dirait qu'il est simple? C'est la condition
même de l'ouvrier que d'être simple.

Mon père était donc beau, riche et simple.
Il était croyant aussi. Les riches, en Espagne,
se doivent d'être croyants. Le septième
commandement est un commandement, chez
nous, très important. Sans lui, que deviendrait l'Espagne? Pour le sixième, il y a le
tribunal de la confession. Pour le septième,
il y a la prison. Mais je ne veux pas qu'on
me prenne pour un révolutionnaire. Je
constate des faits, tout simplement. Je t'en
informe parce qu'il me plaît de t'en infor-
mer. Mais tu aurais tort de croire que j'y
attache de l'importance. Je n'attache d'importance qu'à ce qu'il me plaît de croire
important. Mon père donc?... Il avait une

vingtaine de fermes et une centaine de
barques de pêche. Il avait même, à Vigo,
une fabrique de conserves. C'était, tu le
vois, un monsieur. Il se plaisait à dire qu'il
donnait à manger à la moitié de la région; ce
en quoi il ne se trompait pas. Or, il avait une
femme qui était ma mère.

Je veux te la faire voir, elle aussi : petite,
brune, très fardée, très parfumée, très pieuse.
Etait-elle belle? Je ne sais pas. Elle est morte
deux ans après ma naissance. Mais je veux
croire qu'elle était belle.

Elle mourut le jour des Morts. Maria, la
guérisseuse, était allée au cimetière déterrer
un os qui devait la guérir. Il pleuvait et le
vent hurlait. Mon père était à Vigo. La mer
était déchaînée et l'on demeurait sans nouvelles de plusieurs barques. Quelques dizaines
de femmes de pêcheurs allaient devenir veuves
et mon père croyait de son devoir d'attendre
sur le quai. Les journaux n'allaient pas man-
quer d'envoyer leurs photographes; et mon
père ne détestait pas ce genre de publicité.
Ma mère agonisait donc seule. Les domestiques s'étaient réfugiés dans les communs et
avaient tué une poule en expiation. Ils assuraient qu'une terrible malédiction pesait sur
la maison. Et cela était peut-être vrai. Ma

mère, quoi qu'il en fût, agonisait seule. Etendue dans son grand lit, dans une vaste pièce nue, mal meublée, qui puait l'encaustique, elle mourait sans dire un mot. Et, le jour de sa mort, je pleurai.

Mon père et ma mère ne s'étaient jamais aimés. Je n'oserais raconter cela, s'il n'était nécessaire de le savoir pour l'intelligence de cette histoire. Mon père avait épousé ma mère parce qu'elle appartenait à une famille de la grande aristocratie. Elle n'avait pas eu voix au chapitre. Ils avaient échangé nom contre fortune [1]. Seulement, il était bien entendu que si mon père voulait faire des enfants à ma mère, l'amour n'y aurait aucune part. Or, ma mère commit l'imprudence de s'éprendre de mon père, ce qui causa notre malheur. Quelle épouse espagnole aurait de nos jours l'idée d'aimer son mari?... Comment d'ailleurs le pourrait-elle?... Mon père partit. Il voyagea, vécut tantôt en Allemagne, tantôt à Paris. Ses aventures lointaines ne faisaient qu'accroître la souffrance morale de ma mère. Elle se réfugia dans la religion comme d'autres se prostituent : par dépit. Elle noya son chagrin dans la prière et les bonnes

---

1. En Espagne, les hommes portent les titres de leurs femmes.

œuvres, cependant que mon père dépensait sa virilité avec une charmante Française qui s'appelait Lili.

Un jour, il revint. Ma mère courut à la gare. Mais l'homme qui revenait n'était plus le même. Il avait perdu sa force et son allure virile. Il ne réclamait plus que le repos. Ma mère n'osa pas, cette nuit-là, poser de questions. Le lendemain — ils avaient dormi ensemble — il éprouva le besoin de tout lui raconter. Il était devenu un enfant malade, qui implorait de l'aide et du secours. Il expliqua sa mésaventure. Ou plutôt il la montra : sur son sexe, une plaie, à peine plus grande qu'une menue pièce de monnaie et qui suppurait. Cette petite plaie avait suffi à abattre cet homme. De son commerce avec Lili, mon père rapportait une syphilis. C'était le premier et dernier cadeau qu'il devait faire à ma mère. Celle-ci le regarda dans les yeux, le toisant avec le mépris que seuls les gens bien nés savent témoigner aux lâches. Il eut peur. Il comprit qu'il avait perdu sa femme, qu'il avait tout perdu. Il partit et ne fit plus chez lui que de rares apparitions. Ma mère ne lui adressa jamais plus la parole. Cette femme, qui, vingt jours auparavant, se serait mise à genoux devant ce mâle, le méprisait maintenant du haut de sa dignité retrouvée.

Je naquis neuf mois après ce jour. Ma
mère ne voulut même pas me voir. Un seul
mot fut prononcé : « Un monstre! » Oui,
j'étais un monstre. Insisterai-je là-dessus?...
Je fus emmené au second étage de la ferme
et une nourrice se chargea de moi. Ma mère
ne monta jamais me voir. On ne me sortait
que de nuit. Les gens de la région se signaient
en passant devant ma fenêtre en évitant
de la regarder. Je pourrais en dire long là-
dessus. Mais je ne veux pas qu'on me croie
avide de pitié. J'ai souffert, car j'ai une
âme, ou une sensibilité, ce qui revient à peu
près au même. Etant encore tout petit enfant,
il m'arrivait de coller mon vilain nez plat à
la fenêtre et de regarder ma mère se promener dans le parc. Mais je ne sais cela que
par ouï-dire.

Le jour de la mort de ma mère, je vis mon
père pour la première fois. Il était resté
absent toute la journée, avait distribué des
secours aux veuves, assisté à la messe pour
le repos des disparus. Il arrivait, ce soir-là,
rompu de fatigue et d'ennui. Sa femme venait
de mourir, mais je ne crois pas qu'il éprouvât
le sentiment d'un deuil.

J'entendis des pas dans l'escalier. Je ne

sais si je me rappelle cette scène ou si on me
l'a rapportée, mais je n'ai jamais pu l'oublier.
La porte grinça et s'ouvrit. Un homme
aux cheveux grisonnants, engoncé dans une
cape noire andalouse, entra. Il me dévisagea
sans mot dire, puis alla s'asseoir dans un
coin de la pièce. Il m'observa avec une froide
objectivité, sans fausse honte, et il grommela
ces seules paroles : « Mon pauvre enfant! »
Puis il partit sans m'embrasser.

Il revint ensuite souvent. Il m'écoutait parler. Il me posait des questions. Je grandissais
un peu sans même m'en apercevoir. Je n'avais
vu au monde d'autres humains que lui et
Gaixa, la femme qui m'avait nourri de son
lait. Les gens la fuyaient. On l'appelait « la
Sorcière » et on la craignait. Elle était rêveuse
et silencieuse. Elle aimait à promener son
regard encore jeune sur les collines que la
brume enveloppait et marmonnait des phrases
incompréhensibles. Je ne savais si elle
m'aimait, car elle ne m'en avait jamais rien
dit. Nous ne sortions que le soir et nous
marchions d'un pas rapide et sûr. Nous ren-
contrâmes un jour, par hasard, l'une des servantes de la maison qui se jeta à nos pieds
en hurlant : « Pitié!... Ne me tuez pas!...
J'ai tué des chats et j'ai mangé leur cœur!...

Je suis " initiée "! » Gaixa n'y prêta pas
attention. Elle vivait retranchée du monde
et voulait l'ignorer. Je la revois, cette Gaixa,
petite, très petite, à peine plus grande que
moi, mais se tenant toujours très droite,
toujours de noir vêtue. Elle n'avait pas de
visage. Je veux dire qu'il était impossible de
se rappeler son visage. Elle n'avait que des
yeux. Des yeux obliques, comme ceux d'une
Orientale, luisants et malins, comme ceux
d'un chat. Une touffe de cheveux blancs
sortait de dessous son mouchoir de paysanne.
On entendait ses sabots aller et venir dans
la maison. Tout le monde la craignait, sauf
mon père. Et tout le monde la haïssait, sauf
mon père et moi.

Nous vivions ensemble, à nous deux. Nos
journées étaient mornes. En hiver, nous nous
tenions près d'une grande cheminée où Gaixa
faisait du feu. Nous demeurions là, silencieux,
et nous écoutions le hurlement plaintif du
vent qui jetait de gros paquets de pluie
contre la fenêtre. Soudain Gaixa relevait un
peu la tête et grommelait : « Les marins ne
reviendront pas tous, aujourd'hui. Les Vieilles sont fâchées. La mer est en rut et quand la
mer est en rut, elle réclame des victimes. » Je
ne disais rien. Je ne répondais jamais aux

monologues de Gaixa. Nous vivions ainsi, chacun recroquevillé sur soi-même. Il nous arrivait, pour sûr, de dire quelque chose, mais c'était toujours entre les dents et comme malgré nous. Nous n'éprouvions plus le besoin de parler; nous nous entendions presque sans parole. *Nous savions.*

Il ne se passait rien dans nos journées et personne ne venait jamais nous voir, sauf mon père. Je connaissais son pas lent et appuyé. Il marchait, le dos courbé, comme en proie à une surhumaine fatigue. Il s'asseyait face à Gaixa et je restais assis entre eux deux. Mon père me posait quelques questions auxquelles je répondais de bonne grâce. Il paraissait satisfait. Un jour, il murmura : « Si tu avais été normal, tu aurais été quelqu'un, mon bonhomme! Tu es loin d'être sot. » Certes non, je n'étais pas sot. J'ai déjà dit que je grandissais sans m'en apercevoir. Mais comment un nain grandirait-il? Je « grandissais en savoir », comme dit l'Evangile. Chaque jour j'en savais un peu plus. Je suis incapable de me rappeler comment j'ai appris à lire. Mais je me souviens qu'à l'âge de douze ans j'avais dévoré une bonne part de la bibliothèque de mon père. Je lisais sérieusement, le crayon à la main, cherchant

à comprendre et surtout à « voir ». Je devenais « un homme cultivé ». Imagine-t-on
cela, un nain monstrueux discourant de poésie
et de littérature, de « choses élevées »?...

Je vécus ainsi douze années auprès de
Gaixa sans faire autre chose que lire, dessiner
ou me promener, le soir, sur les collines verdoyantes qui s'étageaient devant nous. Est-ce
assez dire combien j'ai souffert? Je rêvais de
liberté. Je me demandais comment pouvait
être la mer que je n'avais jamais vue et que
j'aimais d'amour avant de la connaître.
C'était comme un pressentiment. Je savais
que j'aimerais la mer. Pour Gaixa et pour
moi, la mer était d'ailleurs toujours présente.
Nous en parlions comme d'un être humain :
« Elle est lasse aujourd'hui » ou « Elle est
triste », disait Gaixa en parlant d'elle. Mais
il m'était interdit de sortir. Mon père avait
peur qu'il ne m'arrivât quelque chose. Je
restais donc à rêver et à regarder au loin la
brume descendre ou monter sur les collines.
Parfois des rires parvenaient jusqu'à moi;
de gros rires gais, vulgaires, qui m'arra-
chaient des larmes de souffrance. Je souffrais
de la gaieté de ces inconnus, fermais les

poings et les maudissais en silence. Mais ils ne se souciaient guère de mes malédictions et continuaient de rire et de boire. Parfois, aussi, les dimanches, les gens de la maison invitaient les métayers des fermes voisines. Ils dansaient. J'entendais leurs sabots battre le pavé de la cuisine. Et la *gaita* pleurait et riait. La *gaita!* J'aimerais parler d'elle. Comme la mer, elle était pour nous un être vivant. Elle seule savait nous parler. Elle ne nous consolait ni ne nous réprimandait. Elle nous disait ce que nous voulions nous entendre dire. Elle pleurait avec nous. Elle nous berçait de sa voix plaintive et désaccordée. Je l'aimais.

Je parais sans doute un être bizarre. Je le suis peut-être. Mon grand délit serait-il d'avoir un cœur et un esprit comme les autres humains? Un nain ne devrait évidemment pas avoir de cœur. Il n'est pas fait pour avoir un cœur. C'est un contresens. Mais je l'avais, ce cœur. Et je ne savais qu'en faire. Je n'étais pas encore ce que je suis devenu maintenant. Je croyais à la bonté des hommes et à leur bonne volonté. Je me disais que, si la chance m'était donnée un jour de m'expliquer, je serais sans doute compris. Je voulais être compris. On voit cela d'ici! Moi, avec ma gueule, j'avais la prétention de me faire comprendre!... Je souhaitais donc trouver l'occasion de convaincre quelqu'un que j'avais du cœur! Je croyais, de ce fait, avoir quelque chose de très important à dire aux hommes! Mais je ne pouvais rien leur dire, car je ne voyais personne, sauf Gaixa. Et Gaixa ne semblait guère se soucier des choses du cœur.

J'attendais donc. Que l'on veuille bien faire encore un effort pour me comprendre : j'ai attendu quinze ans dans l'espoir que quelqu'un voudrait bien m'écouter. Imaginez cela : attendre et espérer! En Espagne, ces deux termes sont synonymes. Parce que lorsqu'on espère, on attend!... J'étais donc là, face à la brume et à la pluie, et « j'attendais », ne cessant de penser à ce que je devrais dire à celui qui voudrait bien m'écouter. Peut-être même lui aurais-je dit que j'étais malheureux, et j'étais sûr qu'il m'aurait compris. J'avais la *morrina,* la nostalgie des au-delà dans le Temps ou dans l'Espace...

Mais personne ne se trouvait jamais là pour m'entendre. Il n'y avait toujours rien que la pluie, rien que le vent, rien que Gaixa et mon père... Jusqu'au jour...

Midi! Je n'ai jamais eu de montre, mais je suis sûr de cette heure, à cinq minutes près. Je me tenais face à Gaixa qui, assise sur sa chaise, regardait au loin. Soudain, nous perçûmes des bruits de pas et de voix. Je fus si effrayé à l'idée d'être vu par quelqu'un que je me cachai derrière l'armoire. On frappa. Gaixa ouvrit. Un jeune homme aux yeux remplis d'épouvante chuchota quelques paroles à son oreille et disparut. Gaixa, sans dire mot, me prit par la main et me fit descendre au premier étage. Je ne vis personne mais je sentis peser sur mon dos les regards de ceux qui s'étaient dissimulés pour « voir le monstre ». J'entrai très intimidé dans la chambre de mon père, où je n'avais jamais mis les pieds. Je tremblais de frayeur. Mon père était étendu sur son lit, rigide. Il n'était pas mort, mais il ne bougea ni ne tourna la tête. Je pouvais d'ailleurs à peine le voir, car le lit était trop élevé pour moi. La peur ne me quittait pas car je me sentais observé, dévisagé. Gaixa souleva soudain les draps et toucha les jambes de mon père, puis, toujours sans parler, me fit signe de la suivre.

Elle me tenait par la main, selon son habitude. Nous montâmes dans ma chambre. En passant sur le palier, je sentis que quel-

qu'un appuyait sa main sur ma bosse et un
rire ignoble blessa mes oreilles. Gaixa se
retourna et foudroya du regard ce quelqu'un
que je ne voyais pas. Puis elle le maudit :

— Vos enfants mourront l'un après l'autre
de maladies inconnues et vous-même serez
dévoré par un mal secret. Vous pâtirez de
la tempête et la mer vous enlèvera vos
parents. Vos tombes vont se repeupler!

J'écoutais à peine. La maison était en
branle-bas. Des cris stridents retentissaient et
des voix de femmes appelaient au secours :

— La Sorcière!... Elle maudit!... Elle
annonce que la mer va engloutir nos marins
et que nos enfants vont mourir de maladies
inconnues!... La Sorcière!... La maison est
maudite!

Je frissonnais. Je n'avais jamais entendu
maudire et malgré moi je croyais un peu
au pouvoir surnaturel de Gaixa. Mais ma
douleur l'emportait sur ma surprise, car
j'avais mal. Sais-tu ce que l'on ressent lorsque quelqu'un prononce le mot que tu ne
veux pas entendre ou découvre la tare que
tu voulais cacher?... J'avais mal. J'essayais
de gravir plus vite les marches de l'escalier;
mais elles étaient trop hautes et il me fallait
attendre que Gaixa m'aidât à grimper. J'avais

honte. Cherche à imaginer ce que je pouvais ressentir. Bégayes-tu? Boites-tu? As-tu le nez ou la bouche de travers? Seuls me comprendront ceux qui ont entendu les autres tourner en dérision leurs tares.

Cette nuit-là, Gaixa m'emmena au cimetière cueillir des plantes. La lune trônait dans le ciel. Des nuages tristes défilaient devant elle à grande vitesse. C'était une belle nuit. Nous revînmes silencieusement. Le pays paraissait endormi, perdu dans un rêve. Pas âme qui vive dans la campagne hébétée. J'avançais en sautillant, car Gaixa marchait trop vite pour mes courtes jambes. Je continuais d'avoir mal à mon âme. Il me semblait toujours entendre ce rire derrière mon dos et sentir sur ma bosse le poids d'une main ennemie. Je me demandais ce que j'allais devenir sans mon père.

J'ai dit que je n'étais pas encore méchant. J'étais même sensible. Je croyais à la bonté humaine. Je me répétais qu'une seule expérience ne pouvait suffire pour juger les humains et que tous ne devaient pas être pareils. Je ne songeais nullement à leur vouloir du mal. Pourquoi d'ailleurs leur aurais-je voulu du mal? Je n'aurais pas su leur en faire. Ce n'est pas si facile! Et l'intention n'y

suffit pas!... J'étais triste. Combien triste!...
Je n'étais qu'un pauvre nain bossu, laid et
moqué. Je ne connaissais rien de la vie et il
m'advenait brusquement de devoir la regarder en face. Mon père se mourait seul, comme
était morte ma mère, sur un grand lit trop
haut pour que je pusse l'y apercevoir!... Il
allait laisser derrière lui ses fermes et ses
bateaux, ses usines et son argent. De tout
cela, il me faudrait bien faire quelque chose.
Mais quoi? Je ne savais...

La maison, à notre retour, était silencieuse. Seule, la fenêtre de la chambre de
mon père restait éclairée. Il veillait en
attendant la mort. Déjà je me demandais
ce qu'il faudrait faire dans le cas où il
deviendrait un homme paralysé et impuis-
sant. Nous serions deux à ne pouvoir lutter
contre le monde... Je tremblais à cette idée,
mais je me trompais. Quand nous rentrâ-
mes chez nous, Gaixa et moi, mon père
était déjà mort, bien que personne ne s'en
fût aperçu dans la grande ferme. Je ne pleurai pas. Je pense que j'éprouvai de la peine.
Mais je ne savais pas pleurer. Je considérai
longtemps le corps immobile, puis remon-

tai lentement dans ma chambre. J'avais ce jour-là dix-huit ans, mais j'étais à peine plus haut qu'un enfant de sept ans. Je me regardai dans la glace. Je n'avais pas encore cette horrible cicatrice rouge dont j'ai parlé plus haut, mais j'étais déjà presque aussi laid qu'aujourd'hui. Je compris que souvent j'entendrais derrière moi, au cours de ma vie, ce rire qui m'avait glacé d'effroi tout à l'heure dans l'escalier et j'eus l'intuition de ma définitive solitude.

Gaixa vint me rejoindre. Elle avait lavé et habillé mon père, allumé des cierges et fait appeler le curé. Elle me fit endosser un costume noir. Nous descendîmes au premier étage... Mais je ne voudrais pas trop parler de mon premier contact avec le monde des autres.

Ce jour même où mon père était mort, je compris combien ces gens étaient différents de moi, combien ma laideur les rendait incapables de m'aimer. Leurs regards me dévoilaient ma misère. Ils me dévisageaient comme les enfants dévisagent, au Zoo, l'hippopotame. Je ne leur dis pourtant rien.

Comment parlerais-je assez de la solitude pour la faire comprendre? Je ne sais
déjà pas parler beaucoup de quoi que ce
soit...

La solitude?... A vrai dire, les solitaires
ne sont pas seuls : leur pensée leur tient
souvent lieu de prochain. La seule solitude
irrémédiable est une autre chose. C'est seulement celle-là qui se découvre dans le regard
d'autrui. J'ai souvent dit que c'est par les
autres que j'ai compris que j'existais. C'est
aussi par les autres que j'ai compris que
j'étais totalement, absolument, irrémédiable-
ment seul.

On me dira, je le sais, que mon récit
manque de cohésion. Où donc sur la terre
trouve-t-on des choses cohérentes? Non,
la cohésion n'est pas de ce monde et cela
vaut peut-être mieux. Je suis mon chemin
comme il me plaît, un peu « à l'aventure ».
Je devrais, sans doute, décrire l'enterre-
ment de mon père. Mais je ne me souviens
de rien, sauf de la brume qui me le rendait
presque irréel; et cela est si courant en
Galice que ce n'est pas la peine d'y insister. Le curé m'a serré la main. Je n'aime
pas les curés et je ne parlerai pas de
celui-là, qui était maigre, grand, onctueux

comme du beurre fondu. Il m'appela « mon pauvre enfant ». Depuis, je ne lui ai plus jamais donné d'argent et, cela, il ne me l'a pas pardonné.

Mais toutes ces choses sont sans importance. Ce qui est important, c'est que ce fut ma première sortie officielle en plein jour. De cinquante kilomètres à la ronde, les gens vinrent me voir de près. Dans l'église je sentais qu'ils se haussaient pour m'apercevoir. Ils me serraient la main avec un bizarre sourire... J'attendis que le bruit de la dernière pelletée de terre sur le cercueil se fût éteint pour disparaître et me cacher.

III

En rentrant du cimetière, je me retrouvai dans ma grande ferme vide. Mes domestiques me quittèrent tous. Seule Gaixa accepta de demeurer auprès de moi.

Je commençai par la visite de mon domaine. Au premier étage, les chambres. Elles étaient toutes pareilles : des lits hauts recouverts d'une moustiquaire, une grande armoire rustique, une petite table en sapin près de la fenêtre, deux chaises au siège dur et un petit tapis devant le lit. Au rez-de-chaussée, la cuisine : vaste pièce avec une grande cheminée et de grandes tables en bois de chêne. Puis le salon; mon père l'avait orné de meubles rustiques du XIII° siècle français; c'était une pièce intime, chaude, avec trois grandes fenêtres donnant sur la vallée et la *ria*. Enfin, la bibliothèque; les murs en étaient entièrement garnis de livres. Je les passai en revue et constatai que je n'avais encore réussi à en lire qu'une faible partie.

Je pris donc possession de cette ferme. Je savais que j'en possédais vingt autres et me promis d'aller les visiter. Mais je voulus faire d'abord le tour des écuries et des étables. Les chevaux piaffaient; les cochons grognaient comme un troupeau de sangliers; les vaches meuglaient et se couchaient, implorant du regard qu'on vînt les traire. Tous ces animaux avaient faim. Devant ce spectacle, ma propre misère m'apparut. Ma ferme était abandonnée, et cela parce que j'étais laid, parce que j'étais un nain bossu, borgne, sans dents.

Je rentrai furieux. Gaixa était dans la cuisine. Elle y avait allumé un grand feu. Je m'en approchai à contrecœur, cependant que des larmes amères, impuissantes, ruisselaient sur mes joues. En passant, je donnai un coup de pied au chat, qui s'enfuit. Gaixa me regardait en grommelant quelque chose. Puis, se retournant vers moi :

— Tu es le maître, dit-elle. Prouve-leur que tu es le maître. S'ils ne veulent pas travailler pour toi, menace-les de leur enlever leur toit, leur pain. Ils reviendront. Ils revien-

dront se traîner à tes pieds, implorer ta
protection. Ils ont besoin de toi, tandis que,
toi, tu n'as pas besoin d'eux. Des travailleurs, ça se trouve; des patrons qui paient,
ça se trouve moins.

J'ai déjà dit que je n'étais pas méchant.
Mais que pouvais-je faire? Ma ferme était
abandonnée et mes bêtes souffraient de
famine. Je décidai de suivre le conseil de
Gaixa et téléphonai au maire du village. La
Guardia Civil passa de ferme en ferme et
délogea mes métayers. Quelques heures après,
c'était un vrai rassemblement. Des familles
entières chargées de leurs pauvres hardes
demandaient à me voir. Je me montrai à la
fenêtre et j'eus pitié. Je compris que quelque chose en ce moment les rapprochait de
moi et nous conférait une ressemblance : le
malheur. Tous les malheureux se ressemblent.
Un nain peut se sentir plus semblable à un
géant qui souffre qu'il n'y paraît tout d'abord.
La souffrance est peut-être la seule vraie
formule d'égalité et les hommes se retrouvent
tous pareils dans la souffrance. Je les considérai. Ils avaient ce regard que je devais souvent avoir moi-même. Je leur parlai calmement, les rassurai, leur dis que je ne leur
voulais aucun mal et que je ne leur refusais

pas le travail. J'essayai de leur faire comprendre que, pas plus qu'eux de leur pauvreté, je n'étais responsable de ma laideur et qu'ils pouvaient aller se réinstaller dans leurs fermes. Puis j'éprouvai soudain le besoin de me les attacher, d'en faire des amis.. J'ajoutai d'une voix chaleureuse que, pour éviter la répétition d'un tel désaccord, j'allais leur faire don de leurs maisons et de leurs lots de terre. « Vous allez être *chez vous.* »

Toi qui me lis, n'as-tu jamais éprouvé l'envie de faire le bien, de commettre un acte entièrement, totalement gratuit? C'est ce que j'essayais de faire. Ils me faisaient pitié. Je voulais leur donner à comprendre qu'ils étaient mes amis et que je ne leur voulais que du bien. Je m'attendais à de la joie, à des applaudissements. Ils me regardèrent avec méfiance. L'un d'eux me posa des questions. Il me demanda *pourquoi j'agissais ainsi.* J'en fus si surpris que je ne trouvai rien à répliquer. Ils partirent par petits groupes, discutant et gesticulant.

Gaixa me dévisageait avec dépit. Je compris qu'elle non plus ne m'approuvait pas. Je cherchai à lui faire entendre raison. Elle m'écoutait attentivement :

— Quand on n'est pas pareil aux autres,

c'est pas avec des cadeaux qu'on se fait des
amis. Ils vont se moquer de toi. Tu ne seras
plus le maître chez toi et tu seras un jour
réduit à mendier. Ces gens-là ne comprennent
que la menace ou le fouet. Tu as eu tort...

Gaixa voyait juste. A peine étaient-ils
devenus propriétaires de leurs lopins de
terre qu'il me fut impossible de sortir sans
entendre partout des rires et des quolibets.
Ils m'appelaient « Quasimodo », me jetaient
des pierres, incitaient leurs gros chiens à me
courir sus et à me mordre. Ils perdirent vite
tout respect pour moi et pour Gaixa, qu'ils
insultaient aussi et persécutaient avec acharnement. Je n'osais plus quitter la ferme en
plein jour et me sentis de nouveau prison-
nier dans ma maison. Gaixa, elle, ne se plaignait pas. Elle continuait à me soigner en
silence et à maudire, un peu plus souvent,
ces ingrats.

Je ne m'étais certes pas attendu à de la
gratitude. Mais peut-être à de la compréhen-
sion. J'avais voulu leur faire comprendre que
j'avais un cœur. Mais j'étais trop laid. Les
gens trop laids ne devraient pas avoir de
cœur. Cela heurte le sens commun qui n'attache les beaux sentiments qu'aux beaux
visages. Je leur avais tendu ma main et ils

avaient craché dedans... Vais-je m'en plaindre?... N'ai-je pas déjà dit que je n'écrivais pas ce livre pour obtenir une sympathie dont je me moque? Je constate, sans amertume. Condamné à la solitude, j'avais cherché à en sortir, j'avais essayé d'aller vers ces hommes proches de moi et de leur faire oublier ma laideur. Ils n'avaient pas voulu ou pu l'oublier. Je m'enfermai dans mon silence.

Mon père était mort en septembre, au moment des grandes marées. L'automne arriva vite. Je le passai dans ma maison à regarder au loin le vert paysage pluvieux. Je rêvais. Gaixa avait réussi non sans peine à embaucher quelques filles et je ne sortais jamais de ma chambre, de peur d'en rencontrer quelqu'une. Je vivais seul, face à mes livres et à cette terre mouillée des pleurs du ciel. Combien je l'aimais, cette terre, de quel amour farouche et passionné! Je la considérais à longueur de journée. J'épiais les jeux des nuages sur l'herbe mouillée. Parfois, j'appelais Gaixa et lui demandais d'ouvrir ma fenêtre. Je grimpais sur une chaise et regardais au loin la *ria* enveloppée

de brouillard, cette eau grise et tranquille
comme celle des mares, sur laquelle flottaient des vapeurs. Gaixa m'avait expliqué
que ces « fumées » étaient les âmes des morts,
noyés dans la *ria,* et qu'elles étaient condam-
nées à flotter éternellement au-dessus de ces
rivages qu'elles avaient trop aimés. Je passais ainsi mes journées face aux collines et
à la mer et j'apercevais aussi, sur l'horizon,
la ferme la plus proche. La nuit, dans la
brume, on voyait briller ses lumières. Et ces
lumières étaient mon obsession. J'avais envie
d'une femme et je devinais derrière ces
lumières des filles à la chair molle et rosée,
aux seins pointus. Car j'avais aussi un sexe.
Aussi paradoxal que cela puisse paraître,
j'avais un cœur et un sexe. Souvent, je sou-
lageais mon désir en songeant à l'une quelconque des filles de peine qui travaillaient
à la maison. Je les voyais aller et venir de
l'étable à la cuisine, des prés aux écuries.
Elles portaient des seaux et guidaient les
vaches avec un bâton. Leur démarche balan-
cée exaspérait mon tourment. Je les imagi-
nais couchées dans la paille, jambes écartées,
jupes relevées dans l'attente du mâle. J'en
devenais fou.

Un soir, je partis seul dans la nuit. On

donnait une fête dans l'une des fermes voisines et j'en avais entendu parler dans la maison. Les servantes s'étaient lavé le visage et les mains, avaient sans doute aussi changé de linge, mis leurs belles toilettes du dimanche, puis étaient montées dans un chariot traîné par des bœufs. J'avais décidé « d'aller voir ». J'attendis que tout le monde se fût endormi. Gaixa m'avait mis au lit, selon son habitude. Lorsqu'elle eut disparu je me levai d'un bond et m'habillai. J'y éprouvai de la difficulté à cause de ma bosse. Enfin, je fus prêt. Je pris une lanterne et partis dans la nuit et le brouillard. Il pleuvait. La brume m'enveloppait. J'avais du mal à m'orienter, ne distinguais plus rien devant moi. Le vent hurlait et, lorsqu'il soufflait plus fort, la pluie me giflait. Je faillis tomber à plusieurs reprises mais me relevai à chaque fois. L'herbe était trempée. Je glissais. Plutôt que de marcher, j'essayais de courir à travers les prés noyés dans le brouillard. Je courus de la sorte pendant des heures jusqu'à ce que je comprisse que je m'étais égaré. Alors, j'eus peur. Je tremblai à la seule idée de rencontrer quelqu'un. Je cherchai à m'orienter mais dus y renoncer. Je tournais en rond dans la nuit et dans la brume. La pluie me trempait jus-

qu'aux os. Je frissonnais de froid et de peur.
Je songeais aux fantômes et aux sorcières
qui se promènent la nuit et aspirent le sang
des voyageurs qui ont perdu leur chemin.
Mes courtes jambes étaient enflées. Je courais, courais... Soudain, j'aperçus une lumière.
Je m'approchai et reconnus la maison d'un
de mes anciens métayers. Je frappai à la
porte. Une femme ouvrit. Elle ne me vit
d'abord pas, parce qu'elle regardait trop haut.
Puis, m'apercevant, elle poussa un cri affreux
et rentra brusquement chez elle, laissant la
porte ouverte... J'entrai à mon tour avec
l'espoir de trouver l'homme et de lui demander mon chemin. La femme était là, trem-
blante d'effroi, près de son fourneau. Une
marmite bouillait sur le feu. J'allai vers la
femme pour lui expliquer ce qui m'arrivait.
Elle saisit alors la marmite et m'en jeta le
contenu au visage. Je poussai un cri et tombai
évanoui.

Pendant huit jours, je demeurai comme
entre la vie et la mort. Cette brûlure avait
couvert mon visage d'ampoules. Gaixa,
croyant bien faire, les avait percées. Puis,
elle avait essayé de les panser. La douleur

devenait intolérable. Le médecin vint et conseilla de me conduire d'urgence à l'hôpital de Vigo. J'y demeurai cinq mois, dans une vaste salle qui puait les produits pharmaceutiques. Mes nuits étaient longues, cruelles. Les heures s'égrenaient, lentes, inexorables. Je n'arrêtais plus de maudire le Destin qui m'avait fait naître si laid. Un bon médecin me soignait heureusement avec dévouement et j'eus la vie sauve. Je pus donc rentrer chez moi. Mais j'étais devenu encore plus laid; ou plutôt, de laid, j'étais devenu hideux. Je faisais songer à ces dessins de Goya qui vous donnent le frisson et comme un avant-goût de l'enfer. Je me faisais peur et n'osais plus jamais me regarder dans un miroir.

Gaixa m'attendait sur le seuil de la porte. Je compris qu'elle avait vieilli à cela qu'elle se tenait moins droite. Elle ne me dit rien, ne regarda pas mes cicatrices. Peut-être ne les voyait-elle pas. Je descendis de la voiture. A peine avais-je mis le pied dehors qu'une pluie de cailloux s'abattit sur moi. L'un des cailloux m'atteignit à la tête. J'en retirai ma main souillée de sang. Gaixa vint à moi et me fit rentrer dans la maison pendant que, dehors, les cris redoublaient. J'entendis plusieurs vitres voler en éclats... « Quasimodo à la potence!... Les sorciers au bûcher!... A mort!... A mort!... », hurlaient-ils. Déjà, elle apportait de l'ouate et de la teinture d'iode pour nettoyer ma plaie. Elle ne me posa aucune question ni ne se plaignit. Elle les maudit entre ses dents et repartit dans la cuisine. Je me traînai dans ma chambre et j'éclatai en sanglots.

C'est sans doute ce jour-là que je devins vraiment méchant. Je me mis à persécuter mes métayers, à les presser de me payer. Ils étaient pauvres et tous, plus ou moins, me devaient de l'argent. Ils se virent obligés, pour acquitter leurs dettes, de me recéder les logements que je leur avais offerts. Je les rachetai ainsi à vil prix et laissai sans travail un grand nombre de travailleurs, refusant de recevoir leurs délégations. Par contre j'obligeai des femmes à se plier à mes désirs et j'appris ainsi à mesurer les possibilités infinies de la bassesse humaine. Elles couchaient avec moi et feignaient le plaisir! Elles imploraient le droit de vivre que je leur refusais et redevenaient aussitôt les esclaves qu'elles avaient toujours été et rêvaient dans leur for intérieur d'être toujours. Les maris acceptaient d'être cocus en échange d'un délai pour leurs échéances. Elles arrivaient les unes après les autres, relevaient leurs jupes, dénudaient leurs seins. J'aurais voulu que tu les visses!...

Ne crois pas cependant qu'il n'y eût là de leur part qu'un appétit du lucre. Elles avaient trouvé un prétexte pour se donner au monstre car elles rêvent toutes, plus ou moins, d'appartenir au monstre. Elles ne conçoivent pas qu'un « monstre » puisse avoir du cœur, mais admettent fort bien de se donner à lui. Elles cherchent une excuse à leur vice. A présent, parce que je suis devenu méchant, je les ai toutes à mes pieds. Elles me dégoûtent. Il n'est rien de plus amer que de chercher l'amour et de découvrir le vice. Quand je les voies nues devant moi, souriantes et bêtement peureuses, l'envie me prend de leur cracher à la face mon mépris infini.

Gaixa encourageait ma méchanceté. Depuis le terrible accident qui avait mis ma vie en danger et avait labouré mon visage, elle haïssait les gens plus profondément

encore. Elle les haïssait tous, sans excep-
tion. Elle se gaussait de voir les filles monter
dans ma chambre pour y passer la nuit, les
guettait quand elles me quittaient au petit
matin et les toisait alors avec mépris. J'entendais son rire insultant : « Tu auras peut-
être un enfant, leur disait-elle. L'enfant-
monstre, ça ne te dit rien ? » Et devant
l'expression subitement effrayée de celle que
je venais d'honorer de mon amour, Gaixa
éclatait de rire. J'aimais ce rire. Tout autant
que Gaixa, je haïssais ces volontaires de la
prostitution et du cocuage. Souvent, après
avoir pris la femme, je reniais ma promesse
et n'accordais pas la somme promise; comme
j'aurais pu refuser à une putain le prix
convenu...

Il est difficile de devenir méchant, mais
je m'y appliquai. Je me mis à jouer le rôle
que les gens attendaient que je jouasse et
je devins bientôt enfin ce monstre qu'ils
avaient voulu que je fusse. Ils prétendaient
que je me promenais la nuit, dans le brouillard, pour surprendre les femmes égarées et
les épouvanter; ils assuraient que je rôdais
alors autour des fermes comme une âme en

peine; ils racontaient... Je commençai en
effet de rôder, au soir tombant, de colline en
colline, pour effrayer les filles qui circulaient
seules d'une ferme à l'autre, et me moquer
de leur frayeur; j'appris à surprendre les
amours illicites et à les tourner en dérision.
Je sus dire à chacun ce qu'il ne voulait pas
s'entendre dire. Connaissant les secrets de
tous, je les racontai à tout venant. Ils commencèrent alors à me redouter. La nuit,
toute la région vivait dans l'angoisse. Ils
assuraient tous m'avoir vu quelque part
errant dans la vallée avec ma lanterne. Ils
se racontaient au coin du feu que je me
nourrissais de sang. Et je m'amusais en effet
à jouer au vampire. J'obligeais les jeunes
femmes que je rencontrais seules à se cou-
cher sur l'herbe humide, je leur faisais au
bras, avec un canif, une légère incision et,
à l'aide d'une tige mince, je suçais un peu de
leur sang. Le lendemain, mes «victimes» se
montraient, tremblantes encore de peur, leur
petite éraflure. Elles grossissaient l'aventure,
inventaient des détails. Gaixa me rapportait
tout cela en riant, contente de constater
qu'enfin j'avais accepté le défi du monde.
La crainte qui nous entourait l'emplissait
d'aise. Une légende prenait forme qui avait

ma maison pour centre. Je nourrissais cette légende. Nous jouions tous le jeu et je commençais à comprendre qu'il nous faudrait le jouer jusqu'au bout.

Je suis las. Pourquoi donc allais-je la nuit, de colline en colline, violer les filles et sucer leur sang? Je ne sais. Je ne puis rien expliquer. Il arrive un moment où l'on se sent si las, si terriblement las que l'on entre comme malgré soi dans l'horrible jeu du monde.

La plupart des humains laissent leur idéal et leurs rêves par lambeaux, tout au long de leur chemin. Ils ne le veulent pas; ils essayent de lutter... Le vieillard qui regarde derrière lui n'aperçoit plus qu'un grand cimetière semé des épaves de ses rêves; de désespoirs de tout ce qu'il aurait pu ou voulu être, et à quoi, sans savoir pourquoi, il a renoncé. Folle est cette sentence qui dit que l'homme choisit sa route. Il en choisit des centaines qui toutes ne sont que des impasses.

Qu'espérais-je devenir, moi, le nain qui terrorisait ma province? Je voudrais te raconter mes rêves. Et n'oublie pas que ce qui définit le mieux l'homme, ce sont ses rêves. La nuit, lorsque je rentrais de mes expéditions, je m'asseyais dans ma bibliothèque. J'ouvrais mon poste de T.S.F. Le monde alors se transfigurait...

Je suis sur la scène, dans un grand théâtre. Le velours des fauteuils est rouge; rouge aussi le velours du grand rideau. Le parterre est plein. La salle est odorante de parfums, les toilettes des femmes reluisent de la parure de leurs bijoux. Un grand silence se fait. L'orchestre prélude par quelques mesures. Je suis seul sur la scène. Les réflecteurs se braquent sur moi. Je suis grand, beau, d'une beauté mâle et farouche; mon buste est ample, mes jambes sont longues et robustes. Je me mets à danser. Je tourne sur moi-même, lève très haut une jambe, puis l'autre. Je saute très haut. Je me laisse porter par la musique. Je bondis. J'ai l'impression de ne plus être sur la terre. Je danse sur un nuage et ce nuage est la musique. Le rythme s'accélère. Des coryphées et de belles filles en blanc pivotent autour de moi. Me voici fou de bonheur et d'extase. J'oublie le parterre et le velours rouge. Ma silhouette dessine sur la scène une ligne pure comme un marbre grec. La plasticité de mes mem-

bres m'emplit d'une joie voluptueuse. Je
saute — et saute — et saute encore... Je
ris.. La sueur perle sur mon front. Mes dents
blanches dans le noir de la salle font étin-
celer des sourires... Seulement il y a le réveil.
Oui, le réveil. Voilà, je mesure un mètre
trente. Je suis bossu. Mes jambes sont
enflées. Je n'ai presque pas de dents. J'ai
voulu me faire des amis et on m'a insulté.
Egaré dans la nuit, j'ai voulu demander mon
chemin et l'on m'a brûlé le visage. Je suis
devenu méchant.. Et la nuit, je rêve et je
pleure.

IV

LE temps passait. Je continuais de rôder
la nuit et d'effrayer les gens; et je continuais
de rêver que j'étais beau. Dans mes rêves,
à la vérité, j'étais tantôt un grand danseur,
tantôt un pianiste célèbre, parfois un écrivain à la mode, mais toujours grand et toujours beau. Je vivais dans l'ennui. Ma vie
s'écoulait dans l'univers factice où mes proches m'avaient enfermé. Je comprenais que
mes rêves étaient plus vrais que ma vie; que
j'étais plus ce que je rêvais d'être que ce
qu'il me fallait être.

Je revenais un jour de la *ria* lorsque je
rencontrai des enfants qui sortaient de
l'école. Ils commencèrent aussitôt à me jeter
des pierres et à crier : « Le sorcier au bûcher! » Le terrain était difficile. Il me fallait
remonter une longue côte pour atteindre le
plateau sur lequel se trouvait ma ferme. Je

courais. Il bruinait. L'herbe était grasse et
je tombai. Les enfants m'entourèrent, me
bourrèrent de coups de poing, de coups de
pied. Ils cherchaient à m'atteindre à la tête
et m'auraient tué si Gaixa, qui avait vu la
scène de la ferme, ne fût arrivée avec un
long fouet. Elle parvint à attraper Mateo, le
fils de celle qui m'avait un jour brûlé le
visage. C'était un grand garçon d'environ
quatorze ans, roux, au teint laiteux. Gaixa
leva son fouet qui siffla. L'enfant hurla. Le
fouet siffla une deuxième, une troisième
fois... Gaixa s'arrêta enfin, fatiguée de
frapper, laissa Mateo par terre, à demi mort,
et m'aida à me relever. Nous regagnâmes
ensemble la ferme et je m'enfermai dans
ma chambre...

Je commençais à n'en plus pouvoir de
jouer les monstres méchants. Je songeais
sérieusement à partir. Mais je n'osais quitter
Gaixa.

Aimais-je Gaixa? Je ne sais. J'étais habitué à elle. Elle m'était, comme ma chambre
ou ma bibliothèque, un lieu de repos. Je me
sentais avec elle en sécurité. Je ne pouvais
l'abandonner. Je décidai donc de partir seulement pour peu de jours et d'aller voir la
mer. La mer demeurait pour moi une obses-

sion. J'avais atteint ma vingtième année et je ne l'avais pas encore vue. Je voulais voir si elle était bien ce que j'avais imaginé : l'infini.

Je partis un matin. De gros nuages noirs laissaient percer le soleil. Les prés mouillés reluisaient, les arbres étaient plus verts qu'à l'accoutumée et l'eau moins grise. J'étais heureux. J'avais recommandé au cocher de marcher lentement. Chaque tournant de la route me découvrait des merveilles. Elle se faufilait entre les coteaux et la *ria* qui allait s'élargissant toujours... Il n'y avait pas de brume sur les coteaux qui se joignaient au ciel comme les gros nuages noirs.

Personne ne sait plus voyager. La vitesse a supprimé la nature. Je n'essaierai donc pas de raconter mon voyage. Il me suffira de dire que ce fut un très long voyage : quarante kilomètres aller et quarante kilomètres retour. Mais que de merveilles en ces quarante kilomètres! Imagine-t-on ce qu'on rencontre en un tel infini? Chaque parcelle du sol y est un univers inépuisable. J'étais ébloui par le vaste monde. J'avais fait mettre des coussins sur le siège de la voiture et pouvais ainsi regarder au loin. Lorsque nous croisions des gens, je me cachais pour ne pas

être vu. Puis, je remettais mon horrible nez
plat contre la vitre de la portière et je contem-
plais ce monde qui défilait devant moi. J'arri-
vai sur la côte très tard dans la nuit. J'avais
fait retenir une chambre dans un hôtel qui
m'appartenait. Mais je demandai au cocher
de me conduire au bord de la mer.

Ce fut un moment important dans ma
vie que celui où je me trouvai seul face à la
mer rugissante. Moi, le nain bossu et blessé,
debout sur un rocher! La mer, ce jour-là,
était verte. Très verte. Par-dessus ce vert
flottait l'écume de sa rage impuissante.
Combien dès lors elle m'attira! Il est bien des
choses que je compris soudain, face à la mer.
Mais je ne saurais les dire parce que je ne
les discerne pas très bien moi-même. Ce
fut une révélation. Dans la vie on a parfois
des révélations. L'on entrevoit alors des
choses profondes, des sens cachés. Moi
aussi, j'eus ma révélation : face à la mer. Je
l'aimai d'amour. Ne souris pas. Je l'aime
plus que je n'aime aucun être humain. S'il
me fallait absolument me rallier à une divinité, c'est encore elle que je choisirais. Je
serais d'ailleurs triste de savoir que quelqu'un
d'autre peut l'aimer autant que moi. Je voudrais être le seul, moi, le nain-qui-fait-peur,

à l'aimer et à vouloir pour elle et sur elle mourir d'amour. Peut-être ne me comprendra-t-on pas? Que m'importe? Lorsque tu lis la Bible, tu ne la comprends pas non plus et pourtant tu la lis. Ne cherche pas à comprendre pourquoi un nain bossu peut aimer la mer. Il n'y a pas de pourquoi.

Il n'y a que les imbéciles pour croire que la mer est pareille partout. La mer n'est pareille nulle part. Moi, je connais une mer sauvage, mugissante, jalouse, furieuse. Mon hôtel se trouvait à cinquante mètres à peine du rivage et toute la nuit je l'entendis se briser contre les rochers dans un fracas épouvantable... La mer?... Qu'est-ce donc que la mer? Je l'ai déjà dit : un infini. Auprès d'elle un nain monstrueux peut trouver le repos. Le repos, c'est de pouvoir ne plus rêver. Et j'étais las de rêver.

Personne ne me vit à l'hôtel. Le cocher avait donné l'ordre aux domestiques de se cacher. Je montai dans ma chambre. On y avait apporté mon dîner et je ne voulus pas être servi. Je mangeai seul. J'étais bouleversé. Rares sont ceux qui peuvent se permettre d'être bouleversés. Notre époque n'est

guère fertile en ce genre de natures... J'étais
donc bouleversé et venais à peine d'achever
de dîner lorsque j'entendis de la musique :
une musique de guitare. Je n'avais jamais
entendu jouer de guitare. C'était comme un
rêve qui s'égrène, une cascade de notes
aiguës et tendrement féminines, un dialogue
de cordes... Je ne vais pas parler musique. Je
sais qu'il est impossible de parler musique.
L'on ne saurait en dire que des sottises et je
n'aime pas les sottises.. Mais il te faudrait
essayer d'entendre cela : au loin, le tonnerre
de la mer qui se brise contre les rochers;
sous ma fenêtre, le murmure rêveur de la
guitare. Une fois de plus, je pleurai. Je me
voyais, moi, jouant de la guitare..

Il faudrait admettre ce qu'il est difficile
d'admettre : que les rêves pèsent; qu'ils peuvent peser d'un gros poids sur notre âme.
Nous traînons ce gros poids en silence, presque timidement. Nous voudrions nous en
libérer. Je ne dis pas *les réaliser*. Personne,
même pas Dieu, ne *réalise* ses rêves. Dieu
devrait vouloir que tous les humains fussent
bons et allassent au ciel : or ce n'est pas. Il
faut donc admettre, ou que Dieu rêve en
vain, comme nous, ou qu'Il n'est pas bon
puisqu'Il ne veut pas le bonheur de tous les

hommes... Mais que vais-je imaginer de Dieu? Je parlais de mes rêves. La guitare, vois-tu, j'ai compris qu'elle pourrait m'aider à me libérer des miens, à leur donner une forme. Tout le secret de l'art ne consiste-t-il pas à donner une forme à nos rêves?

Pendant que je pleurais, je compris que ma vie serait transformée si je parvenais un jour à m'exprimer. Pendant toute ma vie je l'avais tenté. Les gens ne m'avaient prêté nulle audience. Peut-être voudraient-ils entendre ma guitare; peut-être cette guitare serait-elle un moyen d'atteindre à ce que j'espérais si passionnément!... J'entrevoyais déjà pourtant les difficultés auxquelles j'allais me heurter. Imagine-t-on un nain bossu, mesurant un mètre trente, qui joue de la guitare? Ce n'est guère possible. Mes petits mains difformes!... Et cependant....

En bas, la guitare continuait de s'exprimer, de se plaindre. Soudain, comme malgré moi, je fis appeler mon cocher. C'était un vieux domestique qui n'avait jamais quitté la maison. Il m'était dévoué et semblait refuser de voir ma laideur. Je lui demandai de faire appeler le guitariste et commençai d'attendre celui-ci avec impatience. Je me sentais dans l'état d'esprit d'un condamné à mort la veille de son exécution. La guitare n'avait pas interrompu sa cantilène. Je devinais les mains déliées de l'homme, ses doigts pinçant les cordes avec une agilité surprenante. Sa main gauche tenant le manche de la guitare et les doigts de cette main y dessinant leurs arabesques compliquées...

L'homme entra. Il était grand, vêtu de noir. Il avait des cheveux châtains, de grands yeux aux reflets bleus, un nez légèrement busqué. Il s'appelait Jaïro. Il était de Cordoue et gitan. Il ne parut ni effrayé ni même surpris de mon aspect. Il me regarda dans les yeux. Je le fis asseoir et cherchai à m'expliquer. Je finis par lui demander s'il accepterait de m'apprendre à jouer de la guitare. Il réfléchit à peine.

— C'est un secret, dit-il. Il ne faut pas chercher à le violer. La guitare est sacrée. Avec elle, on fait des gens ce que l'on veut. On est le Bon Dieu, avec une guitare entre les mains. On mène les gens du rire aux pleurs et de la douleur à la joie. Pourtant... Vous m'êtes sympathique...

Nous nous mîmes d'accord. Il accepta de venir passer un an chez moi, à la ferme. Je

lui promis le logement, la nourriture et une
indemnité. Je lui permis d'amener sa femme.
Il fut convenu qu'il m'initierait à son secret.
Après quoi, nous nous séparâmes.

Mais il revint bientôt et ma vie en fut
changée. Il y avait bien toujours le brouillard au-dehors, et la brume flottait toujours
sur les collines. J'étais toujours seul en face
de Gaixa. Mais je savais que Jaïro était là.
Grâce à lui, je ressuscitais. Et il y avait
Linda. *Linda* c'était ma guitare, celle que
j'avais achetée. Je voudrais que tu l'eusses
pu voir. Elle était d'un bois foncé, presque
noir. Ses courbes, comme les hanches d'une
femme, étaient douces à caresser. Elle avait
au beau milieu du corps une ouverture.
C'était là que gisait son cœur, ce qui la
faisait vivre. Et puis, elle avait une âme. Où
donc se trouvait-elle, son âme?... Où se trouve
la tienne?... Peut-être nulle part; peut-être
partout. Sont-ce ses six cordes tendues?
Est-ce la résonance mystérieuse que recèle
cette boîte?... Je ne saurais te dire. Il faut que
tu parviennes à voir et à entendre *Linda*.
Sinon tu ne poursuivras pas ce récit. Elle en
est pour ainsi dire l'âme même.

Je voudrais te faire comprendre que *Linda*
était devenue ma vie, que c'est elle que Gaixa

et moi aimions le plus au monde. Je vivais
auprès d'elle, dormais auprès d'elle. J'avais
mis en elle tout mon espoir, comme l'être qui
aime met dans l'être qu'il aime son espérance
et sa vie. Elle était pour moi ce que ni père,
ni mère, ni personne n'avaient jamais été :
une amitié... Seulement elle ne parlait pas ma
langue. Il me fallait apprendre la sienne, qui
était plus belle et plus subtile que la mienne...
Une guitare peut devenir vivante autant que
tu es vivant. Peut-être même vit-elle plus
sûrement que toi. Seuls savent qu'une guitare
a une âme ceux qui peuvent la comprendre
ou savent la faire parler. Or *Linda* était un
être secret. Il me fut difficile au début d'en
tirer des sons. Puis, lentement, je réussis à
lui arracher quelques balbutiements confus.
Ce ne furent tout d'abord que de pauvres
paroles. Mais j'en fus transporté de joie.

Regarde-moi. Je suis le nain-qui-fait-peur,
le nain laid et bossu qu'on insulte et qu'on
bat. J'ai *Linda* dans mes bras. Elle n'est pas
trop grande pour moi. Je la tiens embrassée.
J'ai mis mon pied droit sur un tabouret. Je
pince ses cordes. Ou plutôt : je les caresse.
Entends-la : elle répond. Ce ne sont encore
que des plaintes, des gémissements confus,
comme une poésie qui se cherche... Mais

toute mon âme est déjà passée en elle. Oui,
c'est moi... C'est moi qui pleure à travers elle.
Ce qu'elle raconte, c'est ce que j'aurais voulu
pouvoir dire à quelqu'un, ce que je n'ai
jamais pu dire à personne... Regarde-nous!...
Je crains que tu ne la distingues pas bien.
N'est-ce pas qu'elle est belle? N'est-ce pas
qu'elle est gracieuse? N'est-ce pas qu'elle
« vit »?...

Linda devint le centre de la maison. Le
matin, en me réveillant, elle avait mon premier bonjour. J'avais pour elle des égards
que personne n'avait jamais eus pour moi.
Je lui parlais tendrement. Je la caressais. Elle
avait même sa chaise, comme un chien aurait
eu sa niche. Gaixa l'aimait aussi et, dans cet
amour qu'elle vouait à ma guitare, je comprenais celui qu'elle m'avait toujours voué. Nous
revivions tous. *Linda* était un trait d'union
entre nous. Le soir, il m'arrivait de me traîner
jusqu'à elle et de l'embrasser. Ou bien, au
milieu de la nuit, je me réveillais en sursaut,
la croyant morte ou malade. Je m'approchais
d'elle et l'obligeais à parler. Sa réponse tendrement nostalgique m'emplissait d'aise. Je
l'aimais. Mais cela, je l'ai déjà dit. Je l'aimais
comme je n'avais jamais aimé personne. Je
lui prodiguais de tendres soins; j'évitais de

la mettre trop près du feu : le bois aurait
pu « jouer »; je l'éloignais de la fenêtre :
les courants d'air auraient pu me la « rai-
dir ». Je vivais en étroite communion avec
elle et dans l'angoisse de la perdre. Car la
perdre, c'eût été me perdre.

Cet amour voué à une guitare dépassait-
il les normes? Considère une fois de plus que
je n'avais rien eu de la vie; que j'avais toujours vécu là, seul dans le brouillard et dans
la pluie, seul au coin du feu, traînant ma
pauvre bosse dans des pièces vides; que j'y
avais vécu vingt ans sans personne à qui
parler et que j'avais dû renoncer à mon rêve
de devenir un homme. Vingt ans!...

V

JAÏRO venait chaque matin me rendre visite. Il avait une belle guitare, plus grande que la mienne. Comment un nain aurait-il pu jouer d'une guitare d'un modèle normal? Cela ne se pouvait pas. La guitare de Jaïro était de deux couleurs. Elle était brune avec des cheveux blonds. Je veux dire que son dos était brun et claire sa face antérieure. L'évidement du milieu était plus grand que celui de la mienne. Elle était plus patinée aussi. Elle avait plus vécu que ma *Linda* qui, elle, n'était guère sortie de ma ferme. Je l'avais fait acheter à Vigo. On me l'avait apportée un soir. Un soir où il pleuvait. Gaixa s'était précipitée, un chiffon à la main, pour la nettoyer. Je souriais de bonheur comme un enfant.

Linda n'avait que deux mois. Jaïro l'aimait. C'est lui qui l'avait choisie pour moi.

Il la prenait parfois et la faisait si bien chanter, si bien pleurer que j'en restais découragé.
Quand donc pourrais-je moi aussi arracher
de tels sanglots ou de tels rires à ma pauvre
Linda? Peut-être jamais. Car il m'arrivait
de le craindre. Je regardais mes petites mains,
mes doigts menus, ma courte taille, je songeais à ma bosse... Parviendrais-je à faire
chanter *Linda*? Jaïro se riait de mon appré-
hension.

— Ça viendra, m'affirmait-il en riant.
Nous sommes tous passés par là. Moi, j'en
avais mal aux doigts et jusque dans le
bras, les premiers mois, et j'en pleurais de
rage dans ma roulotte, tant il me paraissait
impossible d'atteindre au savoir-faire des
« anciens »... Puis, petit à petit, c'est venu...
J'étais peu fier de ma première *farruca!*...
Puis bientôt ç'a été le *fandango de Huelva*,
les *tientos*, le *Tango gitan*, les *soleares*. Et
un beau jour la *Fantaisie*. Je l'ai travaillée
quatre mois!... Ça ne voulait pas venir. Mais
j'ai fini par l'avoir. Le tout, c'est de ne pas
lâcher...

Je ne lâchais pas. Des heures entières je
m'escrimais sur *Linda*, et les larmes me
montaient aux yeux, du dépit de mon impuis-
sance. Tantôt c'était mon coude placé trop

haut, tantôt les cordes pas assez serrées;
ma main gauche ne tenait pas le manche
assez fortement ou ma main droite tardait à
déployer l'éventail de ses cinq doigts. Jaïro,
assis en face de moi, m'observait. Il corri-
geait mes défauts, m'encourageait. Il était
toujours gai. Il me considérait comme son
pareil, comme un homme, et c'était merveil-
leux de se sentir traité en homme.

Pour la première fois je m'entendais appeler par mon prénom et quelqu'un s'adres-
sait à moi sans frayeur ni arrière-pensées.
De plus, cet homme me faisait part de son
plus cher trésor pour parvenir à me délivrer
de l'horreur de ma condition. Car je devenais chaque jour plus certain de me faire
comprendre de tous dès que je saurais faire
parler *Linda* aussi bien que lui. C'est elle
qui se substituerait à moi pour exprimer
mes rêves et à travers elle on me compren-
drait. Je l'entendais soupirer sa plainte dans
les bras de Jaïro et je me promettais de
tout lui confier de cette lourde angoisse
que je portais en moi depuis si longtemps...
J'ai déjà dit que je ne te confie ce récit que
parce que je crois que mon expérience
pourra te servir... Peut-être cherches-tu
encore ta guitare, si tu ne crois l'avoir déjà

trouvée... Je veux donc te dire ce que peut
devenir une guitare en des mains comme les
miennes ou les tiennes; dans les mains de
ceux qui veulent être compris. Je veux que
tu le saches. Ce sera ma seule vengeance
pour tant de malheurs. Et lorsque tu le sauras, tu auras peur. Comme j'ai moi-même
eu peur.

Je travaillais. C'était un dur travail. Mes
doigts étaient blessés. J'avais mal aux bras
et aux jambes. Ma lourde tête triangulaire
me pesait. Ai-je dit que ma tête est presque
aussi large que longue? Complète avec ceci
l'image que tu te fais de moi. Et maintenant,
regarde-moi qui cherche à percer les mystères
de la guitare. Car une guitare est un être
mystérieux. Jaïro te le dira :

« Il y a un mystère de la guitare. Si l'on
sait l'apprivoiser, on peut tout faire avec
elle... Guérir des malades, tuer des bien-
portants, sauver des pécheurs. Moi, j'ai guéri
des malades. J'ai joué près d'eux si suave-
ment que leur fièvre s'est endormie; ou si
bruyamment qu'ils rejetaient avec de la
sueur et des larmes le venin de leur maladie.
La guitare détient un secret. On peut tout
lui faire dire. On peut raconter son amour,
pleurer son angoisse ou rire sa joie. Tout le

monde comprend la guitare. Elle convainc. Nul ne peut résister au joueur de guitare. Il est, comme les saints, au-dessus des médecins et des guérisseurs. Ce qu'il peut faire nul autre ne le peut. »

Je veux te parler de Jaïro et de sa guitare. Tu es si habitué à faire appel au médecin qu'il te semble impossible de faire confiance à un joueur de guitare. Pourtant, toute société a eu ses médecins qu'elle a jugés tout aussi bons que les tiens... Il te faut admettre simplement qu'en Espagne les joueurs de guitare guérissent. Ce ne sont pas des charlatans. Ce sont des artistes. Et les artistes, crois-m'en, ont un étrange pouvoir sur les maladies. Tu ne me crois pas et je le regrette pour toi. Tu n'as pas la Foi. Tu devrais l'avoir. Sans cette foi en l'art, que devient la vie, la vraie vie?... Tu me fais pitié. Je t'imagine incrédule, sceptique, pétri de satisfaction parce que tu lis le *Reader's Digest*... Oui, tu me fais pitié.

Jaïro a guéri des maladies. Sa guitare a rendu la santé à des incurables. Parce que rien n'est incurable. Il a joué pour des désespérés qui ont retrouvé l'espoir et pour des amants malheureux qui ont cessé de souffrir. Une guitare c'est plus et mieux qu'un remède.

Le remède est une méthode pour atteindre à un certain état d'esprit qui va permettre la guérison; la guitare, lorsqu'elle prélude, c'est déjà la guérison... Il y a des gens qui diront que chacun est libre de croire ce qu'il lui plaît de croire. Ils ont sans doute raison. Mais je n'aime pas les gens qui ont raison. Les gens qui ont raison ne sont jamais inquiets. Il est épouvantable de ne jamais être inquiet. Et le pouvoir de la guitare devrait t'inquiéter.

Moi, j'en croyais Jaïro. J'étais sûr que la guitare m'aiderait à convaincre les autres. Car je voulais les convaincre. Je tenais de plus en plus à les convaincre que je les aimais et que je n'étais pas un monstre. C'est pour les en convaincre que je torturais, jour et nuit, les pauvres doigts de mes mains. Jour et nuit, je m'épuisais en gammes, en accords. Je m'exerçais à « conduire le son ». Ce dernier exercice était le plus pénible. Il fallait pincer une corde à vide, puis laisser tomber sur une case un doigt de la main gauche, sans lâcher le son et ainsi de suite, sur le plus de cases possible. C'était pénible. Il me semblait impossible d'atteindre à cette merveilleuse dextérité de Jaïro qui égrenait ses notes en se jouant. Parfois, trop découragé, je m'en allais pleurer dans ma chambre. Mais je revenais à ma tâche. Il me fallait réussir. *Linda* était mon dernier espoir. Comment donc aurais-je consenti à y renoncer?...

VI

UNE année passe vite. Celle qui s'écoula
pour moi en compagnie de Jaïro me parut
avoir été faite non de douze mois, mais de
douze semaines. A peine avais-je eu le temps
de m'apercevoir que les feuilles tombaient,
que l'air devenait froid et coupant, que les
prés étaient chaque matin couverts de givre;
puis, que le vert redevenait vert, que ces
mêmes prés s'émaillaient de fleurs et qu'enfin
l'été était là, de nouveau, qui préludait à
l'automne. Reclus dans ma ferme, je n'avais
pu qu'à peine me rendre compte des change-
ments de saison et encore, grâce à un effort.
Aussi me trouvais-je face à l'été sans m'en
être aperçu et bientôt, hélas! face au départ
de Jaïro qui devait avoir lieu au début de
l'automne. J'eus beau lui offrir une prime
pour qu'il acceptât de rester jusqu'à la Noël :
l'homme libre voulait redevenir libre. Mais

l'idée m'était insupportable d'avoir à me séparer de lui... Pourrais-je trouver encore le courage de faire front tout seul à ces longues heures dont étaient faites mes journées et qu'il faudrait de nouveau tuer en me tuant moi-même un peu? Mais qu'y faire?

Ce jour arriva. Un timide soleil se montra. Jaïro vint à la ferme me faire ses adieux. Je lui fis un beau cadeau et un autre à sa femme. J'étais fort ému. Puis je remontai dans ma chambre et suivis des yeux le couple qui s'en allait. Jaïro tenait sa guitare d'une main, de l'autre, il tenait la main de sa femme. Ils gravirent et redescendirent plusieurs crêtes avant de disparaître tout à fait. Mon cœur me pesait, comme un pénible fardeau dans mon étroite poitrine. Je ne trouvais plus rien à dire ni à faire. Je me répétais : « Jaïro n'est plus là... » Mais cette simple phrase ne me paraissait même plus avoir de sens, tant la vie, privée de la présence du beau gitan aux yeux bleus, me semblait absurde.

Il fallut pourtant l'admettre. Jaïro n'était plus là! Pour la première fois depuis un an, personne ne venait plus frapper à ma porte vers les cinq heures et aucun bruit de pas ne troublait plus le silence de la maison subitement redevenue vide et abandonnée. J'en

demeurais « étonné ». J'épiais ce silence qui
me paraissait étrange. Je ne pouvais comprendre
ce départ que je ressentais dans ma poitrine soudainement alourdie. Je parcourus la
maison en tous sens, comme je l'avais par-
courue au lendemain de la mort de mon
père. Elle me parut « vide »... Le silence
que laissent derrière eux ceux qui partent
pour ne jamais revenir, je ne le découvrais
qu'avec peine. Je comprenais brusquement
que je m'étais attaché à Jaïro, que je l'avais
aimé. Je le cherchais partout de mon regard
de bête traquée qui se heurtait à la nudité
des murs. J'avais beau me dire que tout rede-
viendrait comme auparavant. Je savais déjà
que rien ne redevient jamais pareil. J'étais
accablé. Quelque chose à l'intérieur de mon
être s'était de nouveau brisé. Je cherchais
encore mon ami des yeux, lorsque mon regard
tomba sur *Linda* qui reposait sur une chaise.
Elle semblait indifférente au drame qui
m'entourait et je fus sur le point de l'en haïr.
Mais, poussé par une force irrésistible, je me
mis bientôt à la caresser. Ce me fut comme
une nouvelle révélation. Les larmes me montaient aux yeux cependant que la paix rentrait dans mon âme. Dans ma poitrine,
l'orage s'apaisait. Mes doigts glissaient le

long des cordes et déjà une cascade de sons
avait inondé la pièce. J'étais hors de moi,
baigné de sueur. Je m'écoutais parler. Car
Linda m'avait donné une voix et un langage.
J'en demeurais comme ébloui. Je m'étais
toujours demandé si elle me répondrait, le
jour où je lui confierais mon cœur las. Je
l'avais prise dans mes bras, je m'étais mis à
la caresser et voici qu'elle me prêtait aussitôt
sa voix et ses larmes. La paix rentrait dans
mon âme jusque-là si troublée et ma douleur
devenait une douleur mélancolique et douce
comme le sont toujours les douleurs parta-
gées. Je compris en cet instant ce que *Linda*
était devenue pour moi. J'étais comme ivre
de douleur et de joie. Mes doigts pinçaient
les cordes, frappaient le bois, pour marquer
le rythme, glissaient le long de la chanterelle et en tiraient de sourds gémissements.
Je réalisais ma force. J'étais devenu fort
d'une force mystérieuse. J'avais réussi à paci-
fier mon âme tourmentée, ou plutôt ma guitare avait réussi ce miracle.

Je levai les yeux et vis Gaixa, debout, qui
pleurait. Gaixa, la sorcière, pleurait!... Je
ne l'avais jamais vue pleurer. Elle pleurait
de grosses larmes qui glissaient le long de
ses joues ridées. Je me levai, très ému. Gaixa

continuait à se taire... Elle s'essuya les yeux
et repartit dans la cuisine. Je laissai *Linda*
sur sa chaise et me penchai à la fenêtre.

Les nuages étaient bas. Le ciel gris pesait
sur les collines. Le vent venait de la mer.
Il pliait les jeunes arbres et grondait dans
les branches des robustes chênes centenaires.
La pluie n'allait pas tarder. Deux filles pas-
sèrent sous ma fenêtre. Elles riaient et ges-
ticulaient. En levant leur regard vers moi,
elles m'aperçurent et se signèrent en hâtant
le pas. Je n'en fus même pas attristé. La
paix était en moi. Une paix qu'aucun être
humain ne pourrait jamais plus troubler : la
paix des hommes forts. Je m'attardai longtemps à regarder le jeu de l'ombre sur les
prés. Puis, lorsque vint la pluie, j'allai
m'asseoir dans ma bibliothèque.

J'avais attendu toute ma vie cet instant
où je pourrais me raconter aux autres. Et ce
moment était venu. Moi, le nain affreux,
j'étais parvenu à ravir à la guitare le secret
de son sortilège et j'étais devenu fort, d'une
force étrange et presque divine. J'avais entre
mes mains le moyen de me faire comprendre
de tous. Car qui pourrait donc résister à

l'incantation du joueur de guitare?... Ce n'était plus possible que quelqu'un refusât de me comprendre. Gaixa, elle-même, avait pleuré. J'avais réussi à vaincre l'orage de mon cœur, comment ne pourrais-je pas vaincre la haine du monde?... Jaïro avait dit vrai. La guitare possédait un secret que j'avais cru ne pouvoir jamais m'approprier parce que j'étais laid et infirme. Mais j'y étais parvenu. J'avais vaincu. J'avais vaincu la Superstition et la Bêtise.

J'étais né, je le découvrais maintenant, avec la vocation d'un saint. Depuis ma plus tendre enfance, j'avais désiré être bon. Je n'ai pas dit que je l'étais. J'ai même reconnu que j'étais méchant. Seulement, il m'avait fallu apprendre à le devenir, comme malgré moi, à contrecœur, en me disant qu'il valait encore mieux être méchant que ne pas être du tout...

Tu me comprends?... C'était pour moi très important d'être bon. Je tenais à être bon. Je savais que c'était difficile, mais je le voulais dans la mesure où c'était difficile. J'avais cherché à me rapprocher de mes semblables et ils m'avaient injurié et blessé... Ne t'égare pas, cependant. Ces gens de chez moi n'étaient pas plus méchants que ceux de chez toi. Ils avaient leurs superstitions comme les tiens ont les leurs. Ils me croyaient méchant parce que j'étais laid. Ils ne sont pas les seuls à porter de ces jugements. Toi aussi, tu crois pouvoir qualifier des êtres que tu ne connais pas; toi aussi, tu condamnes sans savoir et sans comprendre. Et qui sait, après tout, s'ils n'avaient pas en quelque mesure raison? Un saint n'aurait pas pu se forcer à devenir méchant.

N'essaie donc pas de juger les gens de mon pays. Ici, le climat rude aide à la superstition. Et puis, ils ont faim. Ils ont faim de père en fils. La faim est leur héritage à tous. Ils sont condamnés à avoir faim, comme d'autres à souffrir d'amour. Je ne les excuse pas. Mais je ne veux pas que tu m'accordes de la sympathie et ne leur réserves que de la sévérité. Je ne veux pas qu'on les condamne. Pas même celle qui m'a jeté de l'eau bouillante sur le visage et pour qui je me sens plus d'intérêt que pour toi, mon lecteur inconnu. Tu me trouves bizarre? Pourquoi ne le serais-je pas? Quand on est aussi laid que je le suis, on peut se permettre d'être bizarre.

Jaïro m'avait initié à son Secret. Un joueur de guitare ne peut plus être un homme

méchand ni laid. Il n'a plus de visage, de
physionomie morale. Il fait partie de cette
troupe mystérieuse des artistes qui, tous,
vivent dans le rêve. Le rêve est au-delà du
bien et du mal. Tu sais à présent le prix de
ce secret que Jaïro m'avait communiqué.
J'étais devenu quelque chose de nouveau,
grâce à lui. Non pas un homme. Un joueur
de guitare n'est plus un homme. Pas un dieu
non plus — car les dieux sont méchants.
J'étais devenu un Rêveur.

Jaïro était parti au début de l'après-midi.
La pluie avait commencé quelques instants
plus tard. Elle n'avait plus cessé de tomber.
Dense, serrée, fine, elle ruisselait sur les
carreaux de ma fenêtre. Les collines étaient
masquées par la brume et la *ria* disparais-
sait aussi dans le brouillard. Les nuages, très
légers, se fuyaient les uns les autres. J'étais
triste et j'avais froid. Je regardais *Linda* dormir sur sa chaise. Le son mélancolique d'une
gaita montait jusqu'à moi. Je me sentais seul
et me demandais si je saurais maintenant
trouver des paroles pour les gens, au cas où
ils comprendraient les tendres accents de
Linda. Car plus que jamais je tenais à être

compris. De quoi servirait en effet d'échapper à son destin si on est seul à le savoir? Personne ne peut jamais se passer tout à fait des autres. C'est parce qu'ils ne pouvaient pas se passer des autres que les ascètes qui habitaient le désert inventaient des diables qui venaient les tenter : sans ces tentations, comment auraient-ils su qu'ils étaient des saints?

Ce moment allait donc arriver où mon destin allait se jouer. J'allais faire mon troisième début dans le monde : la première fois, on s'était contenté de me dévisager et de me moquer; la seconde, on m'avait défiguré... Qu'adviendrait-il de la troisième?... J'avais peur, très peur. Je regardais de ma fenêtre les collines submergées d'eau et de brume et les nuages qui flottaient au-dessus : qu'allais-je devenir?...

VII

L'AUTOMNE s'écoula comme d'autres automnes : des journées mornes dans le vent, la pluie, le brouillard. J'avais de nouveau l'impression de ne vivre qu'une seule et interminable journée. Jaïro avait laissé derrière lui un vide qu'il m'était impossible de combler. Je passais des heures à épier les collines et les vallées. Parfois, pour tuer ces heures monotones, je prenais *Linda*, faisais glisser mes doigts sur ses cordes et retentir sur son bois foncé le rythme des *soleares*, *fandangos*, *granadinas*, *malaguenas* qui m'entraînaient au loin. Je m'évadais alors de l'humidité corrosive de la pluie, du gris des nuages, du vert des collines, pour visiter des terres chaudes, brûlées par un soleil implacable, que je n'avais jamais connues. La nostalgie pénétrante d'un autre folklore entrait en moi. Je fermais les yeux et n'appartenais plus qu'à la musique qui, seule, me semblait capable de traduire l'éternel ennui dont je souffrais. Tantôt entraînant, tantôt douloureux et lent, ma guitare exhalait son chant. Il m'arrivait de sourire de bonheur ou de crisper mes muscles en une tension surnaturelle. C'était avec une sorte de rage méprisante que je tirais de ma *Linda* les premières mesures de chaque chant et de chaque danse. Parce que le folklore espagnol est fait surtout de mépris. Pendant que je jouais et m'évadais ainsi, la pluie tombait sans trêve, dense et serrée, sur les prés et les collines. Ma musique était comme un désespoir. Je haïssais cette pluie toujours pareille à elle-même; je haïssais ces collines aux pentes douces et molles; je haïssais ma vie.

J'avais décidé de me rendre au Pèlerinage de l'Eau. Il ne devait avoir lieu qu'au printemps. Mais je préparais déjà mon répertoire. Jour et nuit, je travaillais ces danses et ces chants qui devaient faire oublier aux gens ma laideur et ma méchanceté. Je travaillais, les larmes aux yeux, soutenu par l'espoir de mon succès. Il me semblait entendre déjà les cris d'admiration et les applaudissements de la foule...

Ce pèlerinage avait lieu chaque année au début du mois de mai. Une messe était célébrée sur l'eau, dans une barque, pour le repos de tous ceux qui étaient morts pendant l'hiver, et une image de la Vierge était amenée en bateau, très loin au large. Les gens d'alentour, en costume régional, assistaient à cette fête. C'était un moment très émouvant que celui où le prêtre élevait très haut, au-dessus de la mer, la blanche hostie. Après cette messe, avait lieu une sorte de fête foraine. On y buvait et on y chantait. Les *gaitas* pleuraient leur *morrina*. Les hommes dansaient en se tenant par la main. Et la mer, toute proche, ajoutait au spectacle, avec ses lames vertes couronnées de blanche écume.

Je me préparais donc pour cette journée. Je croyais qu'elle pourrait être pour moi décisive. J'avais résolu de sortir ce jour-là et de me présenter aux regards des gens comme transformé, devenu un homme nouveau. Je voulais les étonner, leur arracher des larmes, comme j'en avais arraché à Gaixa la sorcière. Je voulais signer ce jour-là avec mes semblables un pacte d'alliance et gagner mon droit à cette dignité humaine qu'ils détenaient, eux, par droit de naissance.

C'est pourquoi je travaillais avec tant d'acharnement : parce que ce jour m'apparaissait déjà comme le moment culminant de mon existence. A vrai dire, je n'étais pas sans crainte. Je me demandais s'il me serait vraiment donné d'obtenir un résultat à ce point miraculeux.

Mais il est temps que tu puisses juger de mon effort : cet air-ci est une *Fantaisie* dont Jaïro m'a enseigné les variations subtiles. Ecoute-la. Les notes s'égrènent, hésitent, repartent. Elles pleurent, semblent vouloir s'arrêter, sourire, puis rejaillissent plus tristes encore. Elles ne sont plus que chuchotements, hésitations désespérées qui s'éternisent, comme le doute s'éternise dans l'âme. Mais voici que reprend la mélodie triste, presque funèbre. Ce sont à présent des larmes de « joie désespérée ». Tu ne sais pas ce qu'est une joie désespérée? N'importe. Qu'il te suffise de savoir qu'elle existe, cette joie sans espoir, et qu'elle s'exprime par la voix de ma guitare, agite mes membres, secoue mon corps, le jette dans une transe qui est le désespoir de la joie. Puis, après cette frénésie méprisante du rythme, la chanterelle reprend sa morne chanson, qui n'est que de l'élan brisé...

Cette *Fantaisie* était ce qu'il y avait de plus intimement *mien,* de plus vraiment *mien* dans mon répertoire. Je la jouais les yeux fermés, les lèvres serrées, l'âme vide et le cœur meurtri. La sueur perlait à mon front et des larmes s'échappaient comme malgré moi de mes yeux gonflés. Elle était mon suprême espoir : mon espoir de devenir un « homme ».

J'ai commencé par te dire que je ne voulais pas t'emporter dans un flot de mots illusoires comme la musique nous emporte dans ses harmonies; que cette histoire était une histoire vécue. Il faut dont t'efforcer de me voir. Regarde-moi. Vois la disproportion cruelle entre cette musique, faite de joie désespérée, et ce corps saccagé. Ne me dis pas que l'on peut négliger ce corps. Lorsqu'on le voit, on ne saurait le négliger. L'oubli ne viendra que plus tard. Pour l'instant, regarde!... Je hoche la tête, pour marquer le rythme; j'essaie de donner à mon visage une expression noble. Et considère le résultat!... Cette grosse tête triangulaire, hideuse, on voudrait à tout prix arrêter son mouvement de pendule; et mon expression devient grotesque. N'aie pas peur d'en convenir. Je sais que je suis grotesque en prenant ces airs d'inspiré... Mais à quoi bon insister? A vrai dire, ce que tu en penses m'importe peu... Restons-en là.

Donc, je préparais cette troisième et décisive sortie que je devais faire dans le monde. Toute la journée, je la passais dans ma bibliothèque à m'exercer. Lorsque j'avais par trop mal aux doigts, lorsque mes bras me devenaient trop pesants, je me levais et faisais les cent pas. Puis je m'asseyais et reprenais mon travail. Devenu indifférent au monde extérieur, je regardais sans les voir les collines et la *ria* enveloppées de brume. Je n'avais plus même un coup d'œil pour les servantes qui allaient et venaient et devaient s'attrister de ne plus être reluquées par leur maître. Mais que m'importaient ces pauvres putains, friandes de « sensations »? Que m'étaient-elles auprès de ma *Linda*? Je vivais complètement replié sur moi-même. De temps en temps, Gaixa me fixait de ses yeux félins.

— Comme c'est beau! s'écriait-elle. Comme on a envie d'être bon en vous écoutant! C'est comme un rêve... Si les gens n'étaient pas là pour nous rappeler à l'ordre!...

Elle laissait toujours cette phrase en suspens, comme une porte ouverte sur toutes les espérances. Elle avait vieilli. Elle ne se tenait plus droite du tout et maudissait beaucoup moins souvent. Il lui arrivait même de me parler davantage, comme si, avec l'âge, l'envie de parler se fût emparée d'elle. Elle poussait de longs soupirs, ne maudissait plus les marins menacés par une mer jalouse, il lui arrivait au contraire de les plaindre.

— Les pauvres!... grommelait-elle. La mer, aujourd'hui, veut les attirer au fond. Ils doivent se sentir seuls et inquiets, livrés à cette énorme femelle jalouse...

Je m'aperçois brusquement que je n'ai pas assez parlé de Gaixa. La comprendra-t-on mieux si je dis qu'elle était toujours là, veillant à me quitter le moins possible? Elle allait parfois à la cuisine surveiller les servantes, mais revenait aussitôt comme très lasse, s'asseyait sur une chaise en face de moi et recommençait à tricoter ou à rêvasser. Elle levait la tête de temps à autre, me parlait de mon père, de mon enfance, de ce péché qui était à l'origine de ma laideur. Elle me paraissait alors très vieillie. Je vivais habituellement en si intime communion avec *Linda* et avec mon espoir que je fus très surpris de le constater un jour. Je me rendis

compte en même temps que je n'avais jusqu'alors prêté qu'une importance bien secon-
daire à cette vieille femme qui m'avait été
si dévouée. Je ne l'avais guère considérée
que comme un meuble, ou un objet utile.
Elle m'apparaissait tout à coup pour ce
qu'elle était : un être humain, avec, à n'en
pas douter, du cœur, et sûrement lasse d'une
lassitude pareille à celle que je ressentais
moi-même. Je ne savais plus comment me
faire pardonner d'elle. J'essayais de répondre
gentiment à ses questions. J'écoutais avec
patience les histoires de mon enfance qu'elle
m'avait déjà si souvent racontées. Elle répon-
dait avec joie à mes questions, reprenait de
plus loin pour pouvoir me parler de tel ou
tel incident. Elle avait voué à mon père une
admiration sans bornes et était toujours
prête à me raconter une anecdote où il jouait
le rôle d'un seigneur généreux et magnifique.

Quelle a été la véritable Gaixa? Fut-elle
cette sorcière que l'on voulait qu'elle fût?
Je l'ai souvent entendue maudire et même
blasphémer; mais dans nos régions, cela est
chose bien courante. C'est pourquoi je ne
saurais dire exactement ce qu'elle était. Pour
moi, elle fut surtout un être dévoué. Avec
l'âge, elle devint même affectueuse. Les

gens ne devinrent pas pour autant meilleurs avec elle. Ils continuaient de l'insulter, de lui jeter des pierres, de l'appeler sorcière. Elle sortait rarement, il est vrai, de la ferme et les servantes la craignaient tout en la respectant. Mais personne ne l'a jamais aimée. Elle était, elle aussi, trop laide pour pouvoir l'être. Certains la soupçonnaient encore de m'accompagner dans mes randonnées nocturnes et l'on allait jusqu'à dire que nous nous rendions parfois ensemble, elle et moi, au cimetière pour y cueillir des simples, les jours de pleine lune. Inutile de dire que je n'avais plus le temps d'aller ni au cimetière ni même à la *ria.* J'étais trop occupé avec ma *Linda,* à préparer mon récital. Mais les gens de la région ne pouvaient se faire à l'idée que j'avais changé d'habitudes. Ils avaient même inventé que Jaïro était un sorcier gitan qui était venu m'initier à de nouvelles pratiques. Parce qu'ils ne me voyaient plus, la nuit, rôder dans la brume, ils assuraient que j'avais trouvé le moyen de me rendre invisible et que je parcourais le pays, guettant les égarés ou même égarant ceux qui le connaissaient bien. J'étais accusé de « créer » le brouillard dans lequel je me cachais. Et Gaixa était ma complice!...

De fait, Gaixa était devenue vieille. Elle
était aussi devenue, à son tour, supersti-
tieuse et peureuse. Je la surpris à plusieurs
reprises en train de surveiller ma *Linda* du
coin de l'œil et comme malgré elle. Elle
était lasse, cette pauvre femme! Après avoir
vécu soixante-quinze ans dans le brouillard,
la pluie et la superstition, elle ne souhaitait
plus que le grand repos total : celui de la
mer.

Elle me fut enlevée peu avant Noël. Un
matin où il neigeait, je ne la vis pas à la
ferme et j'envoyai des gens la chercher. Ils
la trouvèrent au cimetière, sur la tombe de
mon père. Elle avait été lapidée. De grosses
pierres étaient éparses un peu partout autour
de son cadavre et du sang noir s'était figé
sur ses tempes. Je fis ramener son corps à
la ferme et considérai cette forme immobile
et sévère du même regard avec lequel
j'avais interrogé celle de mon père. La
Guardia civil fit une enquête mais ne réussit
pas à découvrir les coupables. Une nouvelle
légende, celle-ci d'une crédulité plus grossière,
prit corps. On raconta que Gaixa allait la nuit
déterrer des cadavres, voler leurs ossements
et que Dieu, ce soir-là, avait fait pleuvoir des
pierres sur sa tête. Moi, je savais bien qui

était le Bon Dieu qui avait fait pleuvoir
des pierres sur la tête de Gaixa, mais je me
tus, puisque, de toute manière, je n'aurais
pu la ressusciter.

Je m'enfermai donc seul auprès de cette
vieille femme que personne n'avait jamais
aimée ni n'avait jamais cherché à comprendre et je jouai de ma guitare pour elle seule.
Si tendrement, si mélancoliquement, qu'il
me semblait la voir sourire. Je ne pouvais
plus lui dire ce qu'elle avait été pour moi
ni lui demander pardon de mon attitude peu
humaine envers elle. Mais ma *Linda* le lui
disait pour moi. J'étais sûr que, où qu'elle
fût, Gaixa serait consolée de l'entendre
répandre sur sa dépouille meurtrie des
plaintes douces et des confidences à mi-voix.
Je passai toute la nuit à veiller auprès d'elle,
avec ma guitare entre les mains.

Le lendemain, le curé vint. Il était toujours aussi maigre, toujours aussi onctueux.
Il m'appela encore : « Mon pauvre enfant! »
et essaya de m'expliquer qu'étant donné que
Gaixa avait été surprise en train de se livrer
à des « pratiques païennes et ignobles », il
se voyait dans « la douloureuse obligation »
de lui refuser une sépulture chrétienne. Je
souris et répondis calmement que j'en étais

fort aise et que c'était la meilleure chose qui
pût arriver à Gaixa que de ne pas être inhu-
mée auprès d'assassins et de voleurs. Il me
regarda, ébahi, et chercha une réplique, mais
je le poussai fermement vers la porte. Je le
vis partir. Il retourna plusieurs fois la tête
vers la maison et je compris que j'avais en
lui un ennemi de plus, qui ne me pardon-
nerait pas.

Je fis creuser une tombe au pied d'un
chêne centenaire qui se trouvait derrière la
ferme et j'y déposai la chétive dépouille de
Gaixa. Je ne priai pas. Mais je lui jouai
pour la dernière fois cette *Fantaisie* qui
l'avait fait pleurer un jour. Et je revins,
après cela, à la maison où je me trouvai
définitivement seul.

Cette solitude était donc devenue totale.
Après mon père, Gaixa était la seule personne avec qui j'eusse pu échanger quelques paroles; le seul être qui eût cherché
à me comprendre. A son tour, elle était
partie. Je demeurais seul dans cette ferme
perdue dans le brouillard et dans la nuit.
J'y rentrai lentement, avec un poids fort
lourd dans mon âme de bossu.

Je n'avais pas aimé Gaixa. Ou peut-être l'aimais-je? Je ne sais plus. A tout le moins, je m'étais habitué à elle. L'habitude empêche-t-elle l'amour? N'importe. J'aurais dû sans doute mieux la comprendre. J'en conçus des remords dès le lendemain. Je souffrais. Elle me manquait. Entre mon horrible visage, ma bosse et le monde, Gaixa s'était interposée. Elle m'avait défendu avec acharnement. Le fait est que sa mort marqua pour moi une terrible date. Ce n'est qu'alors que je me sentis vraiment seul. Seul devant ma laideur. Qu'un homme reste seul dans la vie à vingt et un ans, quoi d'anormal? Les parents précèdent leurs enfants dans la tombe et les enfants trouvent cela presque naturel. Mais lorsque c'est un nain qui reste seul, cela devient anormal. Car un nain monstrueux n'est pas fait pour rester seul en compagnie de sa laideur.

La solitude devint donc la pire de mes obsessions, après la mort de Gaixa. Je n'osais plus monter dans ma chambre de peur de m'y retrouver seul. Pourtant, cette chambre était confortable. J'y avais rassemblé tous les objets que j'aimais et qui auraient pu me tenir compagnie. Rien n'y faisait. A peine avais-je fermé la porte derrière moi que l'âpre relent de ces pièces vides et sans vie me prenait à la gorge. Je redescendais alors dans la bibliothèque, m'asseyais derrière ma table chargée de papiers et de livres et m'efforçais de lire ou d'écrire. C'est ainsi que je commençai d'écrire ce récit, tard dans la nuit, pour tromper ma solitude. J'attendais l'aube. L'aube m'était une libération. Et son premier rayon à peine entré dans la pièce, je poussais un soupir de soulagement et remontais lentement jusqu'à ma chambre. Il m'arrivait parfois, entendant un bruit de sabots dans la cuisine, de croire que Gaixa était encore en vie et qu'elle allait apparaître, tenant un bol de café au lait dans ses mains ridées. Mais Gaixa était morte. Je trouvais néanmoins mon petit déjeuner dans ma chambre. Je mangeais vite et mal, déposais le plateau à la porte et me couchais. Je me relevais vers deux heures et descendais encore une fois à la bibliothèque où, déjà, mon déjeuner m'attendait...

Ainsi jouais-je à cache-cache avec mon entourage, sans jamais rencontrer personne : je voulais éviter à mes serviteurs le déplaisir de me voir. Ainsi allais-je de chambre en chambre, plié sous le poids de ma bosse, me heurtant partout au vide et au silence.

Lorsque j'entendais des pas, je me cachais. Quelque part dans mon âme, se nichait encore le souvenir d'un certain rire et sur ma bosse pesait toujours cette main ennemie...

Après la mort de Gaixa, j'étais devenu plus méchant encore. Mais je ne savais plus qu'inventer. Parfois, je me faisais un plaisir de troubler les réjouissances du voisinage. Les dimanches, lorsque les métayers dansaient au son de la *gaita,* j'apparaissais soudain au milieu d'eux et m'esclaffais de ma bouche édentée. Ils s'enfuyaient alors en criant : « Le monstre!... Le monstre!... » Et je me réjouissais de leur affolement. Mais les jeunes gens n'osaient plus me jeter des pierres, car ils savaient que je les aurais chassés. J'étais toujours le monstre, mais j'étais aussi leur patron et ils s'enfuyaient avec les femmes de toute la vitesse de leurs jambes robustes et bien bâties, laissant là le joueur de *gaita* seul et tremblant. Ils avaient peur de moi et moi, j'avais peur d'eux. Tout le monde avait peur. C'était cela qui me plaisait : notre peur à tous! Ils criaient : « Au monstre! », comme j'aurais pu crier : « A l'assassin! » Mais je restais coi et me contentais de regagner ma ferme et de m'y cacher.

C'étaient d'ailleurs là les seules apparitions que je fisse parmi eux et je ne les faisais que pour troubler leur joie, dont j'étais jaloux. Au moins m'imaginais-je alors qu'ils étaient joyeux... Je ne me rendis compte que beaucoup plus tard qu'ils s'ennuyaient quotidiennement, eux aussi, au point de souhaiter ma venue au milieu d'eux comme une diversion.

Je croyais donc faire mon devoir de méchant nain en terrorisant mes voisins, en troublant leurs fêtes et en les laissant sans pain. Mais je faisais aussi mon devoir de pauvre nain solitaire en cherchant à donner une forme à mes rêves qui pesaient lourd sur mon âme, comme ma laideur pesait sur mon corps. Mes rêves, je ne pouvais les empêcher d'être en moi et je ne pouvais chasser de moi mon angoisse. Elle était là. Je n'avais rien fait pour la mériter, pas plus que je n'avais rien fait pour mériter ma laideur. Ce paradoxe était définitivement installé en moi. Et je ne l'y avais pas mis. Il me fallait en prendre mon parti. Ce n'était pas ma faute si je n'étais pas tout d'une pièce comme les gens l'eussent voulu. C'est d'ailleurs cela que je voulais leur dire par la voix de *Linda :* cette étrange contradiction qui existait entre ma personne et mes rêves.

VIII

L'HIVER qui suivit la mort de Gaixa fut
triste. Le ciel toujours blanc nous envoyait
de la pluie, du givre, du gel. La mer se montra dangereuse et cruelle. Je perdis trois barques avec ses équipages : vingt et un hommes
en tout. J'envoyai un secours à chacune des
veuves, mais m'abstins d'aller les voir. Le
vent du nord balaya les coteaux et la *ria* gela.
De ma fenêtre, je pouvais y voir les enfants
patiner. Je me sentais si mauvais que je
souhaitais que la couche de glace s'entrouvrît
sous leurs pieds. Mes vœux furent d'ailleurs
exaucés : un garçonnet se noya. Le bétail
manqua de foin. Je pus en acheter et en fis
venir des wagons entiers. Mais les métayers
étaient trop pauvres pour le payer. En vain
me demandèrent-ils de bien vouloir leur faire
l'avance de quelques bottes pour leurs
vaches... Je refusai. Oui, je refusai. Je

n'acceptai même pas leurs femmes en échange. Elles ne m'intéressaient plus. Je savais des femmes plus que je n'en aurais voulu savoir. Ma curiosité était rassasiée. Je les laissai repartir comme ils étaient venus : les mains vides. Je les vis se perdre dans le froid, ployés sous leur pauvreté. Engoncés dans des vestes noires en velours côtelé, les mains serrées sous leur aisselles, ils avaient les oreilles écarlates de froid et semblaient très accablés. Je les regardai s'éloigner avec un infini bien-être au fond de mon âme.

Cette rigoureuse saison ne fut dès lors plus qu'une longue série de malheurs. Des vaches moururent de faim. Certains essayèrent de me les vendre avant qu'il ne fût trop tard. Et je les leur rachetai à des prix dérisoires, en alléguant qu'elles étaient trop maigres et qu'elles ne devaient presque plus donner de lait. Ils s'inclinaient sans protester. Ainsi faisaient-ils les fiers, accablés de misère, le ventre creux, la bourse vide et dédaignaient de discuter avec moi. Je baissai encore mes prix.

— Donnez-moi ce que vous voudrez! Je n'ai pas envie de discuter avec vous!

Voilà comme ils me parlaient! Ils prenaient l'argent sans mot dire et repartaient dans le froid et le vent, se raidissant dans leur misère.

J'étais hors de moi. Ma fureur s'exaspérait
devant tant de sotte fierté. Qui étaient-ils,
pour se permettre de me regarder de si haut?

Je ne cherchai donc plus à m'approcher
d'eux par la bonté, sachant que c'eût été
peine perdue. Ils ne m'avaient pas accordé
le droit d'être bon. Ils me voulaient monstrueux et n'auraient pas compris que je de-
vinsse miséricordieux pour eux et cherchasse
à remédier à leur grande misère. Ils s'étaient
accoutumés à l'idée qu'ils s'étaient faite de
moi. Et je ne pouvais plus m'y opposer.

Cependant, je portais en moi le rêve d'être
bon, comme celui d'être beau et d'espérer
que ma guitare m'aiderait à leur paraître
moins laid. Comme ils auraient dû, eux,
m'aider à devenir meilleur. Comment devenir meilleur sans le concours des autres? Ce
n'est pas possible. Or, au fond de moi-même,
j'avais pitié d'eux. J'avais sincèrement pitié
d'eux. L'envie me prenait de leur donner du
foin, de leur avancer de l'argent. C'étaient
leurs regards hostiles qui m'en empêchaient.
Qu'eût-il fallu faire? Je m'efforçais de jouer
mon rôle, de paraître bel et bien ce monstre
qu'ils voulaient voir sous mes traits. Je
n'avais d'ailleurs pas trop d'efforts à faire
pour y parvenir; je le portais en moi, ce

monstre. Mais je n'étais jamais parvenu à
m'accepter. Peut-être aurais-je pu faire
l'aumône secrètement, devenir bon malgré
eux? Mais à quoi cela eût-il servi? Ils n'en
auraient rien su. La vertu ignorée est inexis-
tante. Je tenais à être bon, non à faire le bien.
Il me fallait, pour devenir bon, le secours des
autres.

Le printemps arriva. Les arbres se parè-
rent de bourgeons, puis de fleurs. La campagne paraissait en fête. Sur le vert des
prés, les arbres semblaient des bouquets de
mariées. Il y en avait de roses, de blancs,
de mauves. C'était une merveilleuse sympho-
nie qui invitait à l'espoir. Un arbuste près
duquel reposait Gaixa avait fleuri, lui aussi.
Ses fleurs étaient blanches comme des lis.
Il me plaisait que les fleurs qui paraient la
tombe de Gaixa pussent symboliser la pureté.
Le soleil luisait souvent pendant ce mois
d'avril. Les gens paraissaient avoir oublié
les mauvais jours de l'hiver. Les morts
enterrés, ils n'y songeaient plus. Comment
leur en vouloir? Avec du soleil et des fleurs,
il est difficile de songer aux morts. Il est vrai
que je songeais à Gaixa. Mais Gaixa n'était
pas morte. Elle me manquait. Ceux qui
manquent ne meurent point. Ils occupent ce

vide qui nous hante et auquel nous nous heurtons.

Pourtant, je fus content, moi aussi, de l'arrivée du printemps. Je sortis même deux ou trois fois pour cueillir des fleurs. J'aimais sentir sur ma bosse la caresse chaude du soleil. Le temps semblait propice à tous les renouveaux et à tous les espoirs. Après ces longs mois passés à me cacher et à vivre en tête à tête avec ma solitude et mon angoisse, l'envie me prenait de sauter et de crier ma joie. Mais un nain ne saute pas. Il ne peut sauter. Surtout s'il a les jambes torses. J'allais donc posément jusqu'à la *ria*, m'attardais à considérer l'eau majestueuse. Je m'abandonnais à la *morrina*. Une autre *morrina* que celle de l'hiver : une *morrina* chaude et douce, comme le printemps lui-même. Tu peux te demander si, à vingt et un ans, je n'avais jamais pris le temps de m'apercevoir qu'il y avait un printemps. Je ne sais. Peut-être cet hiver avait-il été trop long et trop cruel et ce printemps contrastait-il plus qu'à l'accoutumée avec cette triste saison. Le fait est que je vivais en une perpétuelle extase et qu'il me semblait découvrir l'existence. J'oubliais un peu ma laideur. Parmi la joie générale, je trouvais ma petite

place. J'allais et venais à travers champs.
J'emportais *Linda* avec moi. Assis à l'ombre,
au bord de l'eau, sentant souffler sur mon
triste visage la fraîche haleine de la mer
qui remontait dans la *ria,* je recommençais
à jouer et me laissais vite emporter par le
rythme suave et vivifiant des *malaguenas.*
J'oubliais alors Gaixa et ma solitude et péné-
trais dans une nouvelle vie. Je pressentais
ce moment magnifique où j'entendrais les
applaudissements crépiter autour de moi.
J'avais mille projets magnifiques en tête —
comme de rendre à mes métayers le bétail
que je leur avais volé et de leur abandonner
les terres qu'ils cultivaient. J'entendais ma
guitare chanter sa chanson au bord de l'eau
et je vivais en imagination cet instant où
tous les fermiers des environs découvriraient,
grâce à moi, cette autre vie, faite de rêves
et d'espoir : la vie de *Linda.* Il me semblait
déjà les entendre crier : « N'est-ce pas celui
qu'on appelait ‘ le monstre ’ ?... Comment
l'avons-nous méconnu de la sorte? » Pendant que je rêvais ainsi, les premiers insectes,
les premières abeilles menaient autour de
moi leur ronde légère. Toute la nature semblait vouloir participer à l'ivresse du printemps revenu que l'on avait pu croire à

jamais disparu... Il était revenu, comme
revient l'espoir dans un cœur qui a renoncé
à l'espoir. Il avait fleuri nos campagnes. Les
dimanches, j'entendais de nouveau l'écho
des danses et des réjouissances. Irais-je donc
encore les troubler, terrifier filles et garçons?
Comment l'aurais-je pu? Dans un tel printemps, personne ne m'aurait pris au sérieux.

Car c'était vraiment un printemps. Tout
le monde était content. Ma *Linda*, elle aussi,
semblait participer à l'allégresse générale.
Elle s'égayait très vite sous mes doigts agiles,
à l'unisson de la nature, et me plongeait dans
de doux transports. Ce n'étaient plus de tristes plaintes, coupées d'explosions de joie
désespérée, que je lui arrachais, mais de
vraies chansons du printemps, de vrais
chants d'espoir. Et pourtant.. ce devait être
bien grotesque de voir la bosse d'un nain
tressauter de joie et ses petits doigts s'agiter
avec frénésie sur les cordes d'une guitare.
Bien grotesque, en effet, et je suis sûr que,
s'il se fût trouvé près de moi un seul témoin
de cette joie printanière, j'eusse vite réalisé
mon cas. Mais j'étais seul et je rêvais. Ma
musique me faisait oublier jusqu'aux plus
élémentaires convenances. Car n'est-ce pas
inconvenant de voir un horrible nain jouer

de la guitare au bord de l'eau? Cela fait
presque « Conte d'Andersen ». J'en ai lu
où de méchants gnomes, bossus comme je le
suis, s'amusaient à danser et à chanter dans
une clairière. Seulement, ces gnomes
n'avaient sans doute jamais existé. Tandis
que, moi, j'existe, hélas! Oui, j'existe!...

IX

C'EST par une journée printanière qu'eut lieu la Fête des Eaux. Je pourrais la décrire longuement. Mais tu n'es point d'ici : tu aurais du mal à comprendre. Il faut être d'ici et savoir toute proche la mer qui menace sans cesse les vies de nos parents les plus chers. Car la mer est ici une constante menace. Pour les pauvres gens, elle ne saurait être cette belle femelle jalouse et indomptable dont je t'ai parlé et que j'admire. Elle n'est pas non plus pour eux cet infini qu'il me plaît de découvrir en elle. Elle est le Danger. Ceux qui ne peuvent ou ne veulent pas mourir paisiblement de faim sur ces prés verts vont jouer leur vie sur cette eau verte couronnée d'écume. La Galice — une partie des côtes de Galice porte ce nom que les Anciens donnaient aux portes ouvertes sur le mystère de l'Océan : *Finisterre*. Mais ne confondons pas.

Je sais qu'il y a un Finistère français. Tu pourrais être tenté de comparer la Galice à une province bretonne et nos ports à ceux de la baie d'Audierne. Pas de comparaison possible. Ici, les ports n'existent pour ainsi dire pas. Et puis, ce qui fait la particularité de nos côtes, ce sont leurs « trous », leurs falaises rompues, leurs rochers lointains et abandonnés.

C'est contre ces rochers, distants parfois de plusieurs kilomètres, que vont s'échouer les barques qui rentrent. Le brouillard les enveloppe et le vent les détourne juste assez de leur route pour que le plus habile pilote ne puisse éviter l'accident. En hiver, le brouillard flotte et la pluie tombe sur la mer avec mélancolie et presque comme à regret. Des plages de galets désertes, on entend le triste appel des cors et des sirènes dans le brouillard. Les barques s'appellent les unes les autres et se signalent le danger. Le vent siffle dans les rochers, les vagues grondent. Quelques lumières timides, sur le haut des falaises, restent allumées toute la nuit. Les femmes des pêcheurs, en hiver, ne dorment que rarement. Dans leur maison qui ne comprend qu'une grande pièce — à la fois cuisine, salle à manger, dortoir — sur un buffet — ce buffet se retrouve partout — une image de la Vierge et un *amuleto* [1]. Une petite lampe à huile tremblote, meurt et renaît, et semble vouloir de nouveau mourir pour de nouveau renaître. L'épouse passe ses nuits agenouillée. Elle implore, tour à tour, Dieu ou l'*amuleto*. L'important est qu'elle prie. Elle guette les plaintifs appels de la brume et lorsque la sirène de détresse retentit deux ou trois fois de suite, elle se précipite au-dehors, un châle sur la tête et, immobile sur la plage, attend auprès des autres femmes. Aucune d'entre elles ne pleure. C'est chose convenue qu'on ne doit pas pleurer. On attend le nom de la barque disparue. Puis on attend que la brume se dissipe avant de perdre espoir. Parfois, cette attente se prolonge pendant quatre ou cinq jours et autant de longues nuits. On reste alors comme cloué sur la plage étroite, bordée de hauts rochers, guettant le moindre bruit et, lorsque le tonnerre des vagues s'atténue un peu, on tend l'oreille et le regard vers la mer toute proche, mais invisible comme l'est toujours la mort. Il arrive qu'au bout de cette attente on aperçoive au loin la barque perdue. Mais, le plus souvent, les flots déposent sur les galets quelques planches à

---

1. Porte-bonheur.

demi pourries ou quelques reliques hétéro-
clites. C'est alors la fin de l'espoir.

Bien sûr, il est difficile de comprendre. Il
faudrait sentir sur sa peau l'eau salée, le froid
du vent et de la pluie qui trempe les vête-
ments; il faudrait ressentir l'absence d'un être
aimé qui risque de ne jamais revenir; il faudrait subir dans son corps cette attente dans
le froid et la faim... Il faudrait... A quoi bon?
Nous ne comprendrons rien à la douleur
muette de ces gens qui attendent jusques
après avoir perdu l'espoir. Nous ne devons
pas chercher à les comprendre. Il est malséant
de se faire le spectateur du malheur d'autrui.
Contempler le malheur, c'est un peu le nar-
guer. Les malheureux, eux aussi, composent
une classe sociale. N'est pas malheureux qui
veut, mais seulement celui qui l'est. Et il ne
suffit pas de se mettre dans le malheur pour
être malheureux, comme il ne suffit pas
d'acheter un titre pompeux pour devenir
noble.

Il s'en faut que tout le monde soit de mon
avis. Les jours où survient un sinistre, des
centaines de personnes viennent camper sur
les lieux pour voir les victimes. Les journalistes se ruent les premiers. Ils photographient
les orphelins, les veuves, interrogent le curé,

le maire, afin de donner à ceux qui n'ont pu se déplacer un peu de *malheur-vision* à domicile. Les veuves sont trop étonnées pour se défendre, et les enfants ne comprennent qu'à moitié ce que c'est que d'être orphelin. Pour finir, on donne à chacune des veuves un secours. Seulement il y a l'*après*. Il y a même toute une vie après. Les journalistes se désintéressent des orphelins, le curé ne s'adresse plus aux veuves sur le même ton, les secours cessent de se renouveler. Chacun des sinistrés reste alors seul avec, dans son âme, l'impression d'avoir été, un certain jour, « une actualité intéressante »... Qu'y puis-je? Je ne suis pas un « homme public ». Rien n'est plus éloigné de mon tempérament. Je n'entends rien à « la chose publique ». Je suis trop laid et trop malheureux pour m'y intéresser. Les politiciens sont toujours des optimistes. Plus le sang coule, plus le malheur public est grand, et plus est proche, selon eux, ce qu'ils appellent la *victoire finale*. Moi, je ne crois ni aux victimes ni aux défaites.

Chaque geste, chaque parole sont empreints, en Espagne, d'un symbolisme lourd d'un vieux passé. Aucun autre pays n'a au même degré le sens du geste. L'Espagnol se définit par une série de gestes et sa vie, au

total, est un geste. Le *comment* lui importe
plus que le *pourquoi*. Car il est bien convaincu
qu'il n'y a jamais de *pourquoi*. Ou plutôt,
qu'il y en a trop. Ce qui compte, ce n'est pas
pourquoi on meurt mais *comment* on meurt...
Tout ceci n'est certainement pas très raison-
nable ni très cartésien.

La Fête des Eaux débuta de bonne heure.
J'étais arrivé avant le gros de la foule et
m'étais réfugié chez un pêcheur à qui j'avais
donné un bon pourboire pour avoir le droit
de passer la journée caché chez lui. Sa
maison, une seule pièce, avec le grand buffet
noir, était placée à l'abri des rochers, près
de la plage sur laquelle se rassemblaient les
pèlerins. Ils arrivaient de partout. Les fermes
les plus isolées se vidaient, ce jour-là, sur le
rivage. Ils arrivaient par groupes et attendaient l'heure en chantant.

Mais je crois n'avoir pas encore parlé des
chants de Galice. A quoi bon? Il faudrait
entendre ces chœurs de voix graves d'hommes pleurant leur *morrina*. Mais que sais-tu
de la *morrina* et de ses chants? Sais-tu seulement que notre langue est tendre, suave? Non,
tu ne sais que très peu de choses sur tout

cela. Ces hommes chantaient donc. Les femmes, d'autre part, écoutaient, les yeux baissés,
leurs époux et leurs fils. Car en Galice, chanter est un rite. On ne chante pas parce qu'on
est gai ou triste; pas même parce qu'on a de la
voix. On chante parce qu'il est des moments
dans la vie où il devient nécessaire de chanter. L'un de ces moments est celui de la Fête
des Eaux. Les hommes chantèrent donc une
ballade de marins. Le thème en était, à
peu de chose près, celui du *Hollandais volant*,
mais généralisé. En Espagne, tout est généralisé... Il y était question de pêcheurs morts
en mer et qui errent sur les flots pour l'éter-
nité, en chantant, pour glorifier la majesté
de l'Océan. Leurs épouses entendent leurs
voix dans leurs rêves, et le jour où elles ne
les entendent plus, c'est qu'elles ont été infi-
dèles à leur mémoire ou qu'elles vont aller les
rejoindre...

Regarde et entends! Regarde ces hommes
costumés, graves, qui demeurent immobiles
sur la plage, près de cette mer qui leur enlève
un à un leurs enfants et leurs parents. Entends
leurs voix tristes, lourdes d'une *morrina* sécu-
laire. Tu assistes à un Rite. Le plus significatif
de leurs Rites. Celui par lequel la douleur
silencieuse de ces hommes et leurs plus

secrètes nostalgies cherchent à s'exprimer.

Au milieu de la matinée, le curé arriva. En Espagne, il est impossible de se passer du curé. On le met, pour ainsi dire, à toutes les sauces. Il arriva revêtu de sa cape noire et ôta ses chaussures; puis il entra dans la mer et bénit l'eau infinie sous laquelle gisaient les corps et sur laquelle flottaient les âmes de ceux qu'elle avait engloutis. Hommes et femmes le suivirent dans l'eau. Un nouveau chant me parvint. Il y était question d'un beau jeune homme dont la mer s'était éprise et qui s'était donné à la terre. Jalouse des femmes heureuses, la mer fauchait depuis lors, pour se venger, les jeunes mâles intrépides. Je ne sais que penser de ces paroles. Je n'en pense rien. Je les ai si souvent entendues que je ne puis rien en penser. Mais j'aime ces interprétations précises des aspects mystérieux de la vie. J'aime surtout cet esprit de notre terre qui ne veut s'accommoder ni de son destin ni de ses dieux. Il me plaît de constater en cela combien est inné, chez notre peuple, le sens de la dignité humaine. C'est un esprit qui suscite des Forces puissantes contre lesquelles l'homme doit lutter. Là est l'important : partout sont toujours deux adversaires prêts à lutter l'un contre l'autre. La conclusion de cette cantilène l'indique d'ailleurs clairement :

Qui se lassera le premier :
Toi, de dévorer nos enfants
Ou, eux, d'être dévorés par Toi?
Ils sont, nos beaux jeunes hommes,
Comme les flots de ton Royaume, innom-
                                    [brables.

Mon pays est surchargé de symboles. Nous aimons les gestes lourds de sens. Il y a une façon de vivre et une façon de mourir typiquement espagnoles et aussi une façon de ne pas *subir* la misère mais de l'*accepter*. Il est difficile de se reconnaître dans cette forêt obscure d'allusions à notre passé. Pour y parvenir, il faut un œil bien avisé. C'est pourquoi, sans doute, j'avais choisi ce jour de la Fête des Eaux pour jouer ma grande partie. Ce jour-là, chaque geste ne pouvait être de part et d'autre que hautement significatif. Ces gens frustes seraient obligés de saisir mes intentions les plus secrètes et leurs réactions revêtiraient un caractère presque fatal.

Oui, la journée était bien choisie et les hommes de la région étaient, pour parler comme les prêtres, en « état de grâce ». Ils prêtaient à leurs moindres gestes et à leurs paroles les plus insignifiantes le style des grandes cérémonies. Ils n'étaient plus des métayers, des fermiers, des pauvres paysans dont l'existence dépendait de mon escarcelle. Ils n'étaient presque plus des hommes. Ils étaient venus se replonger dans le mystère originel, hostile aux vivants. Ils venaient au bord de cette eau réaffirmer leur résolution et leur courage, se mesurer au Destin. Mais pour eux le Destin n'était jamais qu'une Destinée. Ils acceptaient le curé et ses pauvres interprétations comme un figurant sans talent et des gestes sans portée. Mais pour eux les vrais acteurs, c'étaient eux-mêmes et la Mer. L'Homme et la Mer. Ils se mesuraient. Ils luttaient pendant douze mois l'un contre l'autre et, au bout de ces douze mois, ils se défiaient et l'Homme ironisait en demandant à la Mer : « *Qui se lassera le premier?* »

Il y avait le groupe de ceux et de celles que la Mer avait frappés de deuil. Ils étaient là, le regard perdu, et fixaient l'étendue verte qui leur avait ravi leur trésor. Ils ne se plaignaient pas. Ils étaient, comme le Chœur des Tragédies grecques, l'élément musical et douloureux du Drame. Leurs pleurs étaient aussi ceux de tous les disparus qui plaignaient à leur tour la mer dépitée de les avoir aimés sans retour. Ils plaignaient cette belle femelle blanche et verte, si noble d'avoir été délaissée. Et les héros — ceux qui devaient partir pour se mesurer encore à elle — la fixaient sans sourciller, conscients de la gravité de leur engagement.

J'avais attendu toute ma vie cet instant. Je l'avais tour à tour et simultanément rêvé, redouté, souhaité. Je n'avais vécu que pour ce moment solennel où j'allais jouer mon destin face à ces hommes. Ils allaient me juger du haut de leur tribunal. J'allais me présenter devant eux avec ma bosse, mon horrible cicatrice rouge sur le visage, le sourire de ma bouche édentée, mon gros nez épaté. *J'allais jouer pour eux* — en un geste aussi symbolique que ceux qu'ils accomplissaient au bord de l'eau. Nous allions nous défier, comme ce même jour, la Mer et les Hommes.

Or, ce que je ressentais surtout, c'était ma lassitude. Je parvenais à peine à m'intéresser à ce qui se passait autour de moi. Je considérais le déroulement du Rite sur la plage. De derrière ma fenêtre, je regardais vivre ces hommes. Je n'étais ni anxieux, ni impatient, ni effrayé. Seulement fatigué. J'avais envie que tout finît bientôt. Il me semblait brusque-

ment qu'il n'était, après tout, pas si décisif que
cela, cet instant! Car comment cesserais-je
d'être laid et d'être méchant? Je me souvenais
de Gaixa. Sans que je susse pourquoi, le souvenir de la vieille sorcière lapidée au cimetière
me hantait. Il me vint brusquement à l'idée
que je pourrais, moi aussi, être lapidé. Mais
cela ne provoqua en moi aucune réaction.
Je percevais vaguement qu'il est des rêves
qu'il serait vain d'essayer de traduire.

Je me rendais soudainement compte aussi
que personne, fût-on laid ou méchant, n'a
jamais rien de très important à révéler et
qu'on peut presque tout faire sans que qui-
conque, pour autant, s'en porte plus mal. Qui
donc fut jamais porteur d'un « message sauveur »? Il n'est pas de message sauveur...
Je me rappelais mon enfance auprès de
Gaixa, mon adolescence, ma première incur-
sion dans le monde des vivants, et ce rire dia-
bolique derrière mon dos; je me rappelais ma
seconde « sortie », la nuit tragique où je
m'étais égaré dans la lande et avais été défiguré. Tout cela avait-il été vraiment si important? Devais-je vraiment chercher à renier
cette laideur que je n'avais pas méritée? N'aurais-je pas mieux fait de vivre en l'acceptant,
comme Gaixa, en attendant jalousement la

mort? N'était-il pas vain de chercher à fuir son destin? Et puis, ces rêves humiliés que je portais en moi, étais-je le seul à les caresser? Ces mères en deuil qui chantaient au bord du rivage et ces jeunes hommes qui défiaient leur destin, n'étaient-ils pas aussi porteurs de rêves que la vie se chargerait d'anéantir? Pourquoi un nain défiguré serait-il seul à concevoir des rêves? S'ils pesaient dans mon âme, ne pesaient-ils pas dans la leur? Etais-je le seul à ne pas avoir mérité mon destin? Et qui donc mérite son destin? Tout destin est injuste. Et Dieu est injuste, s'Il est le responsable de nos destins.

Oui, je me posais en cet instant toutes ces étranges questions. Je souriais, détendu. Je pensais à mes longs mois de travail acharné avec ma *Linda* et me disais qu'en définitive tout cela n'était pas si important. Mais j'étais, je l'ai déjà dit, fort las. De cette lassitude qui est le dernier degré de la douleur. C'est le degré où l'on n'ose plus se mesurer avec les Puissances de l'au-delà autrement que du regard. C'est la fin. Oui, la fin. Lorsqu'un homme est trop las, c'est qu'il se sent fini. Il faut un long chemin pour parvenir jusque-là. Un chemin qui n'a pas toujours été facile. On devient alors indulgent, « socratique ». On devient surtout clairvoyant. La clairvoyance, c'est la dernière minute du condamné. Je souriais de moi-même. J'avais perdu l'espoir, tout espoir. Je venais de comprendre qu'on n'échappe jamais à son destin; que les « autres » ne vous laissent jamais fuir votre destin. Je ne souffrais plus. J'assistais simplement en spectateur à ma fin. Je ne savais d'ailleurs pas laquelle.

La nuit tomba. Une belle nuit, comme il y en a rarement en Galice. Une nuit faite d'étoiles, de lune, de reflets sur la mer, de paix sur la terre et de nostalgies dans l'âme. Sur la petite plage, les vagues venaient étaler leurs belles parures d'argent et d'écume. Les hommes et les femmes réunis s'étaient assis autour des feux. L'heure était venue de l'offrande des fleurs, la plus belle et la plus spectaculaire des cérémonies de cette fête. A la lueur des torches, les hommes et les femmes s'avancent le long du rivage, pour bien marquer la frontière de la terre et de l'eau. Puis les femmes qui ont perdu quelqu'un des leurs avancent dans l'eau et posent sur les flots de longues gerbes de fleurs. Ces femmes ne demandent rien. Elles offrent des fleurs, tout simplement. C'est un de ces gestes ostentatoires et gratuits dont l'Espagne seule possède le secret. Et les hommes chantent, de leurs voix graves et tristes :

> *Pour que Tu sois belle et parée,*
> *Comme nous le sommes pour Toi...*

Regarde!... Ecoute!... Il y a la mer couronnée de lames d'argent et d'écume; les torches qui tremblent dans la nuit; les chants qui s'élèvent, graves et nostalgiques; les veuves ennoblies de leur veuvage, qui s'avancent pour parer leur Ennemie. C'est l'instant unique. Celui de la réconciliation. Le pacte d'alliance de ceux qui souffrent de solitude ou d'amour. C'est ce moment où le cycle de la vie et de la mort se referme sur lui-même, à travers l'amour purificateur. L'homme rachète son malheur en le célébrant, en le couronnant.

Je laissai passer l'Offrande des fleurs et j'attendis encore. Les « improvisations » commençaient. Les uns récitaient des poèmes sibyllins, d'autres chantaient de tristes ballades, d'autres encore s'apprêtaient à danser.

J'accordai ma guitare. L'accord en « mi
mineur » retentit, solennel et triste, comme
un sanglot ravalé; celui en « la mineur », tout
aussi triste, comme une peine non avouée ;
puis celui en « do majeur », radieux, écla-
tant... Ma *Linda* sonnait bien. Je fis le signe
de la croix. Un peu comme le matador le fait
avant de se lancer dans l'arène : pour bien
marquer le changement de sens et de poids
dans ses gestes. Je sortis de ma cachette et
descendis par un étroit chemin jusqu'à la
plage. Je tenais *Linda* serrée contre moi. Mon
cœur battait vite. Je le sentais palpiter dans
ma poitrine. Je marchais gravement, pliant
sous le poids de ma bosse, mais m'efforçant
de n'en rien laisser paraître. Il y a mille façons
de vivre, mais il n'y a qu'une façon de mourir : la bonne. Je savais qu'il était vain
d'essayer de balancer mes épaules et de me
tenir droit. J'allais vers le dénouement avec
calme, indifférence presque, et tel que j'étais
venu au monde.

Les pèlerins ne m'avaient pas encore
aperçu. Ils me tournaient le dos. Ils fes-
toyaient. J'entendais leurs rires. Le vin passait de main en main, égayant les cœurs et

donnant courage aux timides. J'aurais aimé
en boire quelques gouttes car je me sentais
défaillir. Mes paupières s'alourdissaient. Des
larmes coulaient sur mon nez. Mon cœur
battait plus vite. Je continuais d'avancer. Soudain, un jeune homme se retourna :

— Le monstre!... Le monstre!...

Les hommes se relevèrent aussitôt pour
protéger les femmes du mur épais de leurs poi-
trines velues; les enfants cachaient leurs têtes
dans les jupes de leurs mères; celles-ci tremblaient en se signant. J'hésitai une seconde,
puis m'arrêtai brusquement. Ils étaient là,
ceux qui allaient me juger, qui pouvaient
m'accorder ce droit d'être leur pareil. Je les
toisai avec hauteur. Je me disais que rien
n'était plus entre mes mains : sauf *Linda*.
Je m'assis sans mot dire. Ils comprirent mon
geste et firent de même. Les hommes devant,
les femmes et les enfants derrière. Le Tribunal des Hommes demeurait silencieux et m'observait avec froideur. Je pris ma guitare et
baissai les paupières. Mes doigts caressèrent
les cordes. Répondant à mon appel, *Linda*
lança soudain dans les airs les premières
mesures mélodieuses d'une *soleares*. Puis le
rythme s'empara de moi. Mes mains s'agi-
taient avec frénésie, les larmes luttaient pour

sortir de mes yeux. La mélodie devenait démo-
niaque, pleine de l'exaltation du désespoir.
Les cordes ne me suffisaient plus, par
moments, et c'était sur le bois que je battais
la mesure. *Linda* continuait d'hésiter entre le
rire et les larmes. Elle exprimait son angoisse
avec véhémence. Et l'angoisse n'est ni triste
ni gaie. Elle est au-delà du rire et des larmes,
de tous les sentiments, le plus au-delà de
l'humain. Tantôt je riais, tantôt je pleurais.
La musique emplissait seule mon âme, en
éveillait tous les échos. Il me semblait que je
ne pourrais plus cesser de jouer. Après les
soleares, ce furent des *malaguenas*, des *granadinas*, des *tientos, des martinetes*... Mais il me
manquait une voix. Sans voix, la guitare est
incomplète... Aucun bruit ne venait troubler
mon récital, sauf celui de la mer toute proche, qui m'accompagnait de son éternelle
plainte brisée.

Enfin j'attaquai la *Fantaisie*. C'était ce
chant presque sacré dont Jaïro m'avait enseigné les modulations. Quelques notes graves,
profondes, puis une série d'arpèges sur les
cordes hautes. Mes doigts glissaient sur la
chanterelle, la faisaient rêver, gémir, soupirer, cependant que mon pouce répétait et
prolongeait son insistant appel. J'étais comme

transformé. J'avais pu craindre que l'on ne
voulût pas m'entendre. Mais on m'entendait.
On m'écoutait même. Il y avait un grand
et magnifique silence autour de moi et, par-
dessus nous, des étoiles, et, devant nous, la
mer. Je défendais maintenant ma vie avec
tous les atouts de mon côté. Ma *Fantaisie*
déployait librement le sortilège de son incantation. J'y étais moi-même pris.

Lorsque mes derniers accords se furent
éteints dans la nuit comme des soupirs étouf-
fés, il se fit autour de moi un long silence.
Sans doute étaient-ils stupéfaits. Ils devaient
avoir l'impression que je m'étais introduit
frauduleusement dans leur intimité et que
j'avais éveillé en eux des sentiments qu'il
aurait mieux valu laisser dormir. Chacun
demeurait comme frappé de stupeur et personne n'osait encore prononcer un verdict.
Ils hésitaient. Les cadres de leur vie venaient-
ils brusquement de craquer? Venais-je d'éveil-
ler dans leurs âmes quelque chose de vague
et de trouble, des rêves encore informulés?
Ils me fixaient, les yeux immensément ouverts
et, dans le silence de la nuit, près du grand
fracas de la mer, ils devaient se demander
comment j'avais osé violer la sainteté du lieu
et de l'heure. Cependant ils se sentaient pla-

cés devant le fait accompli. Je comprenais qu'ils cherchaient à ne pas perdre contenance et à se concerter pour la sentence. Mais je demeurais comme détaché de cette scène. J'étais trop las. Je regardais la mer qui venait mourir sur les galets. Elle était encore couverte de fleurs. A la lumière de la lune, celles-ci avançaient et reculaient sur les flots endormis, au gré du reflux.

Enfin Manaos s'avança vers moi. Il faisait figure de doyen du village. A quatre-vingts ans, il redressait encore sa taille. Il avait lutté à Cuba contre les Américains, y avait été blessé. Puis, ayant rejoint son terroir, il en avait épousé une fille dont il avait eu trois garçons : tous trois péris en mer. Il disposait sur les gens de cette région de l'autorité qu'en Espagne confère l'expérience. Grand, robuste, chauve, il avait une voix grave aux résonances profondes. Manaos était le Sage, à sa manière. Il s'avança lentement vers moi, s'arrêta entre moi et les pèlerins, et parla :

— Tu as mal agi. Tant que tu rôdais sur les coteaux pour effrayer nos femmes et nos enfants, tu agissais d'accord avec tes instincts

les plus forts et les plus authentiques. Mais
aujourd'hui tu as cherché, profitant du lieu
et de l'heure, à nous charmer avec ta musique. Or, d'un corps aussi laid et d'une âme
aussi vile, rien ne peut sortir de bon. D'où
peut-elle donc venir, cette musique? (Ici
Manaos fit une longue pause qu'il sut rendre
dramatique...) Du diable!... Tu as fait appeler
un gitan qui t'a donné cet instrument dange-
reux. Une guitare entre les mains d'un bon,
c'est une bonne chose. Mais dans les tiennes,
elle ne peut être qu'un instrument dange-
reux. Tu as, ce soir, pris au piège de ta
musique nos femmes et quelques-uns de nos
hommes. Tu as réveillé en eux les mauvais
instincts et les intentions impures. Tu as
péché en un lieu qui aujourd'hui est saint,
car on y vénère la mémoire des morts. Tu
as péché contre les vivants et contre les
morts. Il serait juste que tu meures, mais tu
ne mourras pas, bien que tu veuilles mourir.
Tu crois que la mort serait pour toi le début
de la paix que tu cherches. Il n'en serait rien.
Ta mémoire demeurera celle d'un monstre
qui, dans sa perversité, est allé jusqu'à prendre le masque de l'artiste. Ce déguisement
ne saurait te servir de rien. L'arbre mauvais
ne peut donner que de mauvais fruits. Tu

traîneras avec toi la malédiction des hommes et tes chants ne pourront même plus troubler les consciences. Car ta guitare, elle, doit mourir.

J'écoutais ce terrible discours. J'avais du mal à comprendre ce qui se passait autour de moi. Je m'étais attendu à tout, sauf à cela... Sans doute, cela peut-il paraître étrange qu'un paysan espagnol ait pu s'exprimer ainsi. Un paysan espagnol n'est pas un paysan. C'est un Sage. Les Sages s'expriment toujours ainsi. Ils appliquent le code de la sagesse populaire comme d'autres le fameux code Napoléon. Le leur me plaît davantage...

Des hommes me jetèrent à terre. Je les suppliai. Je voyais ma *Linda* passer de main en main au-dessus de ma tête et croyais vivre un cauchemar. Je promettais que je quitterais la région à tout jamais. Je les conjurais de ne pas briser ma guitare. Ils ne prêtaient nulle attention à mes paroles. Deux jeunes gens l'emportèrent et la brisèrent contre un rocher. Elle émit encore quelques sons. J'entendais cette douce plainte qui perçait mon cœur plus cruellement encore que mes propres blessures. Je crispai mes poings, je prononçai mes formules de malédiction.

Aussitôt les pèlerins se dispersèrent et je demeurai seul sur la plage. Je sanglotais. J'avais tout prévu, sauf cela. J'avais même imaginé ma mort, mais non celle de ma guitare. Les jeunes gens avaient jeté à la mer les débris de *Linda*. Cette mer que j'avais tant aimée, que j'aimais encore si intensément, me ramena quelques débris de bois sur lesquels des cordes étaient encore fixées...

La lune était maintenant haute dans le ciel. Les étoiles tremblaient. La mer se déchirait sur les galets de la plage. Le vent s'était levé. Je sentais sur mon visage la salure de l'eau et dans mes narines une odeur d'iode. Je cachai ma tête dans mes bras et pleurai longuement. Puis je levai les yeux vers la mer...

Je n'ai plus rien à te dire. Ou très peu de choses. Je n'aime personne. Je n'ai aimé qu'une fois, tu le sais, et je viens de t'en faire le récit. Je ne sais si tu l'as bien compris. Ce n'est pas une histoire triste. Elle n'est ni triste ni gaie. C'est une histoire parmi tant d'autres. Elle aurait pu être tienne. Elle l'est peut-être.

Maintenant, je sais que je vais mourir. Depuis un an ma guitare est morte. Depuis un an, j'ai recommencé à semer la terreur dans ma région et, pendant la nuit, j'épouvante les filles. Je donne le mauvais œil, je fais mourir le bétail... Je suis redevenu pour de vrai le nain méchant que j'étais en naissant. Je me ris du malheur des gens et me rirais sûrement du tien si tu me le racontais. Ne me raconte donc rien. Mon histoire n'est pas, au vrai, celle d'un malheur. Je ne sais comment la qualifier. Tu le sauras peut-être...

Hier, un homme est mort. J'ai décidé d'aller ce soir déterrer son cadavre au cimetière. Je sais que l'on m'y attend et ce qui m'y attend. C'est pourquoi je t'ai dit que j'allais mourir. La nuit est dense. Les collines sont enveloppées de brume. Il bruine. Le brouillard se défait... L'heure approche. Je n'ai plus rien à dire. Il ne me reste qu'à souhaiter que les pierres qu'ils me jetteront m'atteignent à la face et défigurent un peu plus ce hideux visage qui fut le mien.

Madrid, juillet 1956.
Paris, juin 1957.

POSTFACE

ECRIT il y a près de seize ans, j'hésite à reconnaître ce récit. Ce serait mentir que prétendre que je l'avais oublié. Le courrier des lecteurs, le spectacle dramatique, qu'un jeune comédien-metteur en scène avait tiré de ce livre et à la première représentation duquel j'assistai l'an dernier, me rappelaient assez son existence. D'ailleurs je répondais souvent aux questions que le public me posait sur le sens de cette fable.

Ce petit livre continuait donc, détaché de moi, de vivre, et je percevais des échos de son cheminement. Mais, par un curieux paradoxe, cette perception n'éveillait en moi qu'un intérêt fort mince, pour ne pas dire nul. Des gens trouvaient encore plaisir à questionner ce conte? A la bonne heure! Je n'en tirais ni satisfaction personnelle ni fierté. Ce livre appartenait résolument au passé.

J'avais conscience d'avoir changé, en profondeur, depuis la date de sa parution, quand cet ouvrage demeurait figé. Pur objet enfermé dans ses limites, quel rapport eût-il bien pu entretenir avec le sujet que je suis? Je l'avais fait, il y a longtemps, comme j'ai fait tant d'autres choses : étudier, déménager, souffrir, guérir, aimer. Ou plutôt, quelqu'un l'avait fait, qui était moi et que je ne suis plus.

C'est qu'écrire n'est jamais pour moi qu'une fonction vitale comme boire ou respirer. Je ne deviens pas écrivain — si tant est que je le sois à aucun moment — en m'asseyant à ma table de travail, je le suis en marchant, en causant, en rêvant peut-être? Un livre dès lors n'est rien d'autre à mes yeux que le résultat de mon activité naturelle, biologique pourrais-je dire.

Qu'un homme soit ce qu'il fait, mon intellect l'accepte. Mais mon cœur? Ni les théories les plus séduisantes ni les systèmes les mieux agencés ne réussissent à entraîner la pleine adhésion d'une part essentielle de moi-même, qui a toujours été ailleurs. Non point dans le rêve, ni dans l'imaginaire : au cœur des choses et des êtres au contraire, en une région de silence où le discours perd ses prérogatives en faveur de la Parole.

Ce que des spécialistes et des critiques professionnels ont dit de moi, en bien et en mal, voudrais-je l'examiner que je ne le pourrais pas. Dans l'éloge comme dans le dénigrement, l'hyperbole l'emporte, et de loin. Un naïf ou un roublard, à moins qu'il ne soit un mélange des deux, me téléphona, après avoir pondu un papier venimeux sur l'un de mes livres, pour savoir « comment je réagissais ». L'anecdote illustre ce mouvement de rancœur pour ma personne, pour ma présence, comme si le livre lu était non pas le produit de mon travail, mais le prolongement de moi-même, mon image matérialisée.

Qu'on ne s'imagine pas que je règle des comptes. J'espère montrer au contraire que cette confusion se justifie. Certes, tout auteur peut dire : « Madame Bovary, c'est moi... » ce qui ne signifie pas la même chose que : « Je suis Madame Bovary. » Car il s'agit dans mon esprit, d'une autre identité, plus essentielle. Le nain qui parle dans ce récit : est-ce ou n'est-ce pas moi? Ces subtilités relèvent des spécialistes de la chose écrite. Ce qu'il m'importe de noter, c'est que tous mes livres, jusqu'aux plus ratés, sont moi-même par le lieu où je cesse d'adhérer à ma personne.

Exégètes, amateurs de littérature, historiens, critiques et autres journalistes, tout cela qui constitue un système clos — le jargon contemporain dirait une structure —, communie dans une même foi : le langage. L'écrivain est, au même titre que tous ces éminents spécialistes, un travailleur du verbe. Postulat érigé en dogme : l'art, c'est la forme. Que les grands écrivains du passé aient régulièrement été traités d'asiates, de barbares, de corrupteurs du beau langage, qu'il leur ait été monotonement reproché de mal écrire et de pécher contre le goût : ces évidences n'ébranlent pas le dogme. Nul ne sait ce que signifie au juste : le style, bien écrire — il n'empêche que la littérature *est* ce qu'on ignore. Ainsi l'esthétique fait-elle digue à la poussée créatrice, et sans doute faut-il qu'il en soit ainsi, l'équilibre des arts, comme tout équilibre, résultant de ces poussées contraires qui s'annulent l'une l'autre. Pour jouer son rôle de médiateur social entre les œuvres et le public, le spécialiste des arts a besoin d'élaguer le taillis, d'y trancher pour trouver une perspective. Il est naturel qu'il soit en retard puisqu'il lui faut du temps.

Or l'art, c'est-à-dire la vie, n'attend pas.

Le dogme remplit encore une autre fonction, plus prosaïque : il autorise les spécialistes à vivre du travail des créateurs et souvent plus grassement que ces derniers.

A combien de gens la solitude, la fureur et la misère de Van Gogh ou de Dostoïevski auront-elles permis de mener une existence aisée ! Pourquoi s'en indigner : comment vivrait le créateur sans le travail des paysans et des ouvriers ? Et comment ces travailleurs accéderaient-ils au bien-être matériel sans le pillage systématique du tiers monde ? Toutes nos sociétés s'engraissent de l'exploitation des plus pauvres.

Le professionnel de l'esthétique sent fort bien l'ambiguïté de son rôle, et il s'en venge par le mépris. Combien de critiques survivraient à l'examen public des rares œuvres qu'ils produisirent ? Question de pure forme : ils y ont survécu en tant que dictateurs du goût. Pour juger des œuvres, comment ne se référeraient-ils pas à des critères périmés puisque les œuvres fournissent les critères ? Tous les discours et toutes les théories sur l'impressionnisme et le cubisme : il aura fallu que des hommes peignent ces toiles-là pour que les spécialistes commencent à en discou-

rir et à en faire la théorie. Situation inte-
nable et dont les docteurs se tirent grâce au
dogme : en posant comme un absolu que
l'art progresse en avançant, que son déve-
loppement est linéaire, en détachant les for-
mes de ceux qui les créent, le maître d'esthétique se donne le critère d'apparence objectif
qui justifie ses élucubrations. Il arrive certes
que la nouveauté de la forme coïncide avec
une de ces ruptures qui jalonnent l'histoire
des arts. Le langage de James Joyce consti-
tuait assurément une nouveauté. Mais la nouveauté d'Henri Beyle était dans sa réaction
contre le pathos des romantiques comme la
musique intimiste d'un Tchekhov marquait
un retour à une simplicité et à une authen-
ticité délaissées.

Il arrive que l'art progresse en avançant,
il arrive qu'il avance en reculant. Du point
de vue de l'artiste, la philosophie du pro-
grès vaut ce que vaut tout système intel-
lectuel dans lequel on cherche à emprison-
ner la vie : sa valeur est de mode et de
convention. Aussi bien le créateur contemporain prend-il conscience que le plus conven-
tionnel des arts, de nos jours, est celui qui
se veut d'avant-garde. Il repose sur l'effet,
il joue sur la sensation, il excite l'intelli-

gence, mais il ne parvient ni à émouvoir ni à convaincre. C'est un art de gadgets conçu pour des technocrates, un art anémié et qui ne se contente pas d'ignorer la vie : il la combat, il la sape et la mine. S'appuyant sur la trouvaille ingénieuse ou cocasse, sur le truc, il appelle le truquage et la tricherie. Il conduit à la dislocation, à l'effondrement et à la dissociation schizophréniques.

A mes yeux, nulle tâche plus urgente ne s'offre à l'artiste que la reconquête du réel. Non point de la réalité mais du réel, qui est la signification proprement humaine d'une réalité changeante.

Pour chaque artiste conscient de sa mission, l'heure a sonné de renoncer aux jeux stériles, aux dénigrements et aux négations sado-masochistes; l'heure a sonné de rentrer en soi-même, d'abdiquer l'orgueil élitaire pour redécouvrir une humilité artisanale, de retrouver un regard neuf et fervent, de renouer avec la fraternité et avec l'espoir. Le temps est venu d'évacuer du champ des arts un intellectualisme de bazar. L'espérance, partout, demande à renaître, un appel indistinct, comme une rumeur encore confuse, jaillit : Phôs, O Phôs! Qui, sinon l'artiste, peut répondre à cette quête de lumière?

Saturés de systèmes, repus de théories, les hommes réclament des mythes.

**
* *

Qu'attends-tu, ami, pour repartir à la conquête du Graal?

Je sais, tes aînés t'ont dit que c'était folie, que le Graal n'existe pas, sauf dans ton rêve. Ecarte les blasphémateurs, écrase-les sous le poids de ta jeunesse, scelle leur bouche tombale. Pars, mon ami, pars!

D'autres vieillards voudront te persuader que tout a été dit, depuis toujours, et que tes errances ne valent pas d'être rimées. Ne les écoute pas. Le poison de leurs phrases nous enchaîne au désespoir. Elles nous mènent au sépulcre, leurs paroles prudentes. Vole-leur ces mots qu'ils gardent jalousement, qu'ils défendent avec des grognements menaçants. N'aie crainte de les approcher : ne vois-tu pas qu'ils ont des bouches édentées?

Réchauffe ces mots agonisants dans ton sein. Ils ne tarderont pas à renaître, éclatants de ta jeunesse, neufs de tes illusions, lourds de tes déboires. Crache-les, crie-les, chante-les, pour que le monde retrouve sa fraîcheur et pour qu'il se remette à battre au rythme de ton cœur. Les choses attendent que tu les nommes, l'univers repose, avec l'espoir que tu l'éveilles; chaque homme peut devenir ton frère, pour peu que tu le veuilles, comme chaque femme ton amante, si tu entonnes ses louanges.

Rien n'est usé : ni les mots ni les idées. Car tout renaît chaque jour, avec chaque vie surgie de la mort.

Pars, mon ami, pars!

Les dieux ressuscités t'attendent aux sommets des montagnes. N'es-tu pas de leur espèce, toi qui te lèves de dessus nos décombres?

Brûle tes livres, car ils sentent la poussière et que le plus beau reste à écrire.

Ne te soucie pas des vieillards, ne te mets pas en peine pour eux. Qu'ils dorment couchés sur leurs trésors et sur leurs honneurs. N'as-tu pas mieux à faire que de te lamenter sur leur sort?

N'accepte pas d'entrer dans leurs disputes. Ne sens-tu pas qu'ils ne cherchent à échanger leurs mots contre les tiens que dans le secret dessein de t'inoculer leur poison? Aussi, mon ami, n'argumente pas avec eux. N'argumente avec personne. Ose conquérir l'intransigeance. Ta vie n'est pas faite pour être pensée. Commence donc par la vivre.

As-tu besoin de consulter les augures pour savoir si tu as le droit d'être heureux? La Révolution a ses spécialistes, tout comme la Poésie et la Peinture. Eux n'ignorent pas comment et quand tu auras le droit de vivre pleinement. Oracles du futur, ils t'en interdisent l'accès, au nom de l'Histoire.

Mais l'Histoire, mon ami, c'est aussi toi. Et la peinture, et la poésie. Pourquoi abandonnes-tu ta parole? Ne comprends-tu pas que là est la raison de ta tristesse et que tu redeviendrais joyeux et libre, si tu la leur reprenais?

Ami, je rédigeais une sage préface à ce conte, écrit il y a fort longtemps, alors que tu venais peut-être de naître. J'ai lâché ces mots — Ami, Frère — et ma pauvre sagesse s'en est allée. Car que voulais-je te dire avec tant de morne application?

L'art est vie : tantôt négation, tantôt affirmation triomphante. Il est chacun de nous, quand nous nous rendons maîtres de notre parole.

Ta parole comme la mienne passent par le langage mais elles ne s'y figent pas. Tout le monde parle : qui *dit,* ami?

Pourquoi suis-je ce Nain, frère, que la haine assiège? Et pourquoi l'es-tu? Tous nous cognons nos fronts contre le mur du langage pour que la Parole éclate.

Ne me dis pas, ami, que les dieux n'existent pas. C'est là argutie de vieillard, raison de malade, explication de moribond. Tous les dieux existent, si tu te les donnes.

Veux-tu le bonheur et la liberté? Dis oui, alors, au malheur et à l'esclavage. Aspires-tu à la résurrection? Consens, dans ce cas, à ta mort. A la joie? Commence par épuiser la tristesse.

Par rébus et par devinettes, l'Art parle comme le Sphinx.

Discernes-tu pourquoi, un hiver, j'ai voulu devenir ce Monstre dont chaque phrase est un ricanement?

Qui veut marcher avec la foule, qu'il renonce à la poésie, qu'il étouffe sa parole et qu'il prenne la voie de la sagesse. Mais s'il décide de s'engager dans la voie de l'art, voici ce nain bossu qui marche à la mort une guitare entre ses bras : c'est son image.

L'art est sacré et l'artiste ne conquiert la lucidité qu'au prix le plus élevé.

Qu'importe si les docteurs reprennent le dessus et s'acharnent sur les morts! D'autres se lèveront pour recommencer l'aventure et dire non, toujours, au langage et au discours, aux belles mécaniques qui étouffent la vie.

Veux-tu toujours partir quêter le Graal, ami? Prends donc ta guitare et va, ami, va...!

Sache seulement que de ta guitare, les docteurs feront une croix et qu'ils t'y cloueront.

Pousse ta lucidité jusqu'à comprendre qu'ils ont raison d'agir ainsi. Car ils défendent leur monde et que celui que tu annonces, s'il finissait par advenir, causerait leur malheur et leur perte.

Il est donc bien qu'ils te crucifient, comme il est bon que tu aies su préserver la Parole et la transmettre.

Eygalières, février 1973.

DU MÊME AUTEUR

Le Colleur d'affiches
Julliard, 1958
Seuil, 1985
et « Points », n° 614

Tara
Julliard, 1962
Pocket, n° 1895
et « Points Roman », n° R405

Gerardo Laïn
Christian Bourgois, 1967, 1997
et « Points Roman », n° R82

Le Vent de la nuit
prix des Libraires
prix des Deux-Magots
Julliard, 1972
et « Points Roman », n° R184

Le Silence des pierres
Julliard, 1975
et « Points Roman », n° R552

Sortilège espagnol
Julliard, 1977
Fayard, 1996
Gallimard, « Folio », n° 3105

Les cyprès meurent en Italie
Julliard, 1979
et « Points Roman », n° R472

La Nuit du Décret
prix Renaudot
Seuil, 1981
et « Points », n° 250

La Gloire de Dina
Seuil, 1984
et «Points», n° 590

La Halte et le Chemin
Bayard, 1985

Séville
Autrement, 1986

Le Démon de l'Oubli
Seuil, 1987
et «Points Roman», n° R337

Le Manège espagnol
Seuil, 1988
et «Points», n° 832

Mort d'un poète
Mercure de France, 1989
Gallimard, «Folio», n° 2265

Une femme en soi
Seuil, 1991
et «Points», n° 591

Andalousie
Seuil, 1991
et «Points Planète», n° Pl16

Tanguy
Julliard, 1992
Gallimard, 1995
et «Folio», n° 2872

Le Crime des pères
prix RTL-Lire
Seuil, 1993
et «Points», n° 198

Carlos Pradal
en coll. avec Yves Belaubre
F. Loubatières, 1993

Rue des Archives
Gallimard, 1994
et «Folio», n° 2834

Mon frère l'idiot
Fayard, 1995
Gallimard, «Folio», n° 2991

La Tunique d'infamie
Fayard, 1997

De père français
Fayard, 1998

Colette. Une certaine France
prix Femina, essai, 1999
Stock, 1999
Gallimard, «Folio», n° 3483

Droits d'auteurs
Stock, 2000

L'Adieu au siècle
journal de l'année 1999
Seuil, 2000
et «Points», n° 815

Les Étoiles froides
Stock, 2001
et Gallimard, «Folio», n° 3838

Algérie, l'extase et le sang
Stock, 2002

Colette en voyage
Éditions des Cendres, 2002

Les Portes de sang
Seuil, 2003
et « Points », n° 1202

Le Jour du destin
L'Avant-scène / Théâtre, 2003

La Sortie des artistes
Seuil, 2004

Dictionnaire amoureux de l'Espagne
Plon, 2005

La Religieuse de Madrigal
Fayard / Le Seuil, 2006
et « Points », n° P

La Vie Mentie
Fayard, 2007

Le Temps de Franco
Fayard, 2008

IMPRESSION : CPI BRODARD ET TAUPIN À LA FLÈCHE
DÉPÔT LÉGAL : NOVEMBRE 1998. N° 35824-6 (49926)
IMPRIMÉ EN FRANCE

Collection Points